O BRINQUEDO RAIVOSO

ROBERTO ARLT

O BRINQUEDO RAIVOSO

TRADUÇÃO MARIA PAULA GURGEL RIBEIRO

ILUMI//URAS

Copyright © 2013
desta tradução e edição
Editora Iluminuras Ltda.

Título original
El juguete rabioso

Capa e projeto gráfico
Eder Cardoso / Iluminuras
sobre fragmentos de *Podré*, aquarela sobre papel,
montada sobre cartolina [10,3x23,3 cm],
Xul Solar. Buenos Aires (1927). Cortesia Fundação Pan Klub.

Preparação de texto
Jane Pessoa

Revisão
Bruno D'Abruzzo

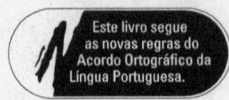

CIP-BRASIL. CATALOGAÇÃO NA PUBLICAÇÃO
SINDICATO NACIONAL DOS EDITORES DE LIVROS, RJ

A752b

Arlt, Roberto, 1900-1942
 O brinquedo raivoso / Roberto Arlt ; tradução Maria Paula Gurgel Ribeiro. - 1. ed. - São Paulo : Iluminuras, 2013 (3ª reimp., 2020).
 190 p. : il. ; 23 cm.– Tradução de: El juguete rabioso

 ISBN 978-85-7321-423-9

 1. Romance argentino. I. Ribeiro, Maria Paula Gurgel. II. Título.

13-01226
CDD: 868.99323
CDU: 821.134.2(84)-3

2020
EDITORA ILUMINURAS LTDA.
Rua Inácio Pereira da Rocha, 389 - 05432-011 - São Paulo - SP - Brasil
Tel./Fax: 55 11 3031-6161
iluminuras@iluminuras.com.br
www.iluminuras.com.br

ÍNDICE

Apresentação, 11
   Maria Paula Gurgel Ribeiro

O BRINQUEDO RAIVOSO

1. Os ladrões, 21
2. Os trabalhos e os dias, 51
3. O brinquedo raivoso, 79
4. Judas Iscariotes, 105

APÊNDICE

O poeta paroquial, 141
   Roberto Arlt
O brinquedo raivoso, por Roberto Arlt (Coleção de Novos Autores, Editora Latina, Buenos Aires), 147
   Leónidas Barletta
Cronologia, 151

A Ricardo Güiraldes

Todo aquele que puder estar junto do senhor sentirá a imperiosa necessidade de amá-lo.
E o acolherão e, na falta de algo mais encantador, lhe oferecerão palavras. Por isso que eu lhe dedico este livro.

APRESENTAÇÃO

Maria Paula Gurgel Ribeiro

Primeiro romance de Roberto Arlt (1900-1942), *O brinquedo raivoso* foi escrito na redação do jornal Crítica, onde o autor trabalhava como repórter policial. Segundo ele próprio, "quando se tem algo a dizer, escreve-se em qualquer lugar. Sobre uma bobina de papel ou num quarto infernal. Deus ou o Diabo estão junto da gente ditando inefáveis palavras".[1] Arlt andava com os manuscritos debaixo do braço e os lia para quem estivesse disposto a escutá-lo. A partir dos comentários, fazia as alterações que considerava pertinentes. Nessa época, o romance se chamava *A vida porca*.

Arlt levou a obra a várias editoras e todas a recusaram. Finalmente, por intermédio de seu amigo e escritor Conrado Nalé Roxlo (1898-1971), conseguiu um encontro com o também escritor e editor da editora Proa, Ricardo Güiraldes (1886-1927), que costumava incentivar os projetos literários de novos autores. No dia marcado, em maio de 1925, na casa do editor, Roberto Arlt leu seu romance. Ao final, Güiraldes sugeriu a supressão de alguns capítulos e a alteração do título, pois considerava *A vida porca* "um nome cético demais", propondo então *O brinquedo raivoso*, "que, no final das contas, é como a vida porca, mas lhe outorga um pouco mais de brilho. Uma vida infeliz desde o início não é a mesma coisa que um brinquedo, como é a vida, à maneira de Calderón de la Barca e, além do mais, raivoso e irritado".[2]

A editora Proa tinha interesse em publicar a obra, mas dificuldades de ordem financeira impediram a empreitada. Entretanto, alguns capítulos saíram pela Revista Proa; assim, em março e maio de 1925 foram publicados "El rengo" — que posteriormente seria incorporado ao último capítulo do livro — e "El poeta parroquial" — que, por sua vez, seria excluído da versão definitiva.

Foi Güiraldes também que sugeriu que Arlt apresentasse o romance no concurso literário para escritores inéditos sul-americanos, promovido pela editora Latina, de Rodolfo Rosso, cujo prêmio seria a publicação do livro. *O brinquedo*

---

[1] "Prólogo" a *Os lança-chamas*. In: *Os sete loucos & Os lança-chamas*. São Paulo: Iluminuras, 2000, p. 193. Trad. Maria Paula Gurgel Ribeiro.
[2] BORRÉ, Omar. *Roberto Arlt. Su vida y su obra*. Buenos Aires: Planeta, 1999, p. 109.

raivoso venceu o concurso e sua primeira edição saiu em 1926. Coincidentemente, mesmo ano em que foi publicado *Dom Segundo Sombra*, de Ricardo Güiraldes. Ambos relatam as memórias juvenis de seus personagens principais. Os cenários, no entanto, são diametralmente opostos: enquanto *Dom Segundo Sombra* se passa na região dos pampas, narrando seus costumes através das memórias do filho de um estancieiro, o romance de Arlt se desenrola unicamente na cidade de Buenos Aires. De acordo com Rita Gnutzmann, é possível afirmar que com *O brinquedo raivoso* "se abre uma nova etapa na literatura argentina",[3] na medida em que abandona o mundo rural — presente em *Dom Segundo* — e adota a cidade como cenário. Em toda sua obra, eminentemente urbana, Arlt denuncia a cidade como um lugar sórdido e hostil; seus personagens são seres fracassados, angustiados, humilhados, em busca de uma felicidade que lhes é constantemente negada e que encontram na transgressão a única solução para a sobrevivência: daí o roubo, a delação, o assassinato.

Em agradecimento ao apoio de Güiraldes, de quem foi secretário por um breve período, Arlt dedicou *O brinquedo raivoso* ao padrinho literário:

A Ricardo Güiraldes:

Todo aquele que puder estar junto do senhor sentirá a imperiosa necessidade de amá-lo.
E o acolherão e, na falta de algo mais encantador, lhe oferecerão palavras. Por isso que eu lhe dedico este livro.

Com o fechamento da editora Latina, a segunda edição do romance saiu em 1931, pela Claridad. A partir de então e durante muitos anos, essa dedicatória foi omitida nas demais reedições, sendo reincorporada somente em 1993, pela editora Espalsa Calpe, com edição de Ricardo Piglia. Os motivos, nunca revelados, poderiam estar, segundo Sylvia Saítta, na "desconfiança com que os escritores de esquerda leem a literatura de Güiraldes. Em Claridad, por exemplo, critica-se duramente a publicação de *Dom Segundo Sombra*: '(...) o que pode saber do suor dos trabalhadores um homem que jamais suou?' (...)".[4] É preciso esclarecer que na Buenos Aires da década de 1920 havia dois grupos literários com propostas estéticas bem distintas: Boedo e Florida. Jorge Schwartz define assim os dois grupos:

[3] GNUTZMANN, Rita. "Introducción". In: *El juguete rabioso*. Madri: Cátedra, 2001, p. 69.
[4] SAÍTTA, Sylvia. *El escritor en el bosque de ladrillos. Una biografía de Roberto Arlt*. Buenos Aires: Sudamericana, 2000, p. 38.

Grosso modo, "Boedo" representa o setor urbano vinculado à periferia e ao proletariado, e agrupa os escritores com preocupações literárias socializantes. A este grupo só interessa a obra de arte pelo seu conteúdo, ignorando qualquer preocupação de ordem formal. Em contraposição, "Florida", a via central mais importante de Buenos Aires, está localizada na região elegante e comercial da cidade. Os escritores de Florida, de acentuado cosmopolitismo, têm como preocupação maior a incorporação ao panorama cultural argentino de novos valores estéticos da vanguarda europeia, tanto na literatura como nas artes plásticas, na música e na arquitetura.[5]

Faziam parte do grupo Florida: Leopoldo Lugones, Jorge Luis Borges, Henrique Larreta, Ricardo Güiraldes. A voz do grupo era a revista *Martín Fierro* e o gênero literário preferido, a poesia. Os principais integrantes de Boedo eram Roberto Mariani, Leónidas Barletta, Elías Castelnuovo, Enrique González Tuñón. A revista *Los Pensadores*, substituída depois por *Claridad*, foi seu porta-voz e a narrativa, o gênero preferido.

Como bem notou Jorge Schwartz, Roberto Arlt, era "impossível de ser enquadrado numa das duas escolas";[6] seus escritos saíam tanto nas revistas de Florida — como os já mencionados dois capítulos de *O brinquedo raivoso*, publicado em *Proa*, em 1925 — quanto nas de Boedo — caso de *Os lança-chamas*, que saiu pela editora Claridad, em 1931.

Muitos críticos viram na temática da obra de Arlt e até mesmo na sua origem de filho de imigrantes pobres uma identificação com o grupo Boedo. É verdade que em alguns momentos ele se aproximou mais deste grupo, mas a crença dos boedistas no potencial que a literatura teria para transformar a sociedade acabou por afastar o cético Arlt do grupo. Segundo Ricardo Piglia, ele era "excêntrico demais para os esquemas do realismo social e realista demais para os cânones do esteticismo".[7]

Na citada edição de *O brinquedo raivoso* da editora Claridad, de 1931, em que a dedicatória a Güiraldes foi excluída, há uma "Nota editorial" na qual se afirma que o romance "foi escrito entre os vinte e um e vinte e três anos de idade" e que o próprio Arlt forneceu alguns dados a respeito do mesmo, reproduzidos nessa "Nota". Como se poderá observar, ele é extremamente irônico e ácido em relação aos críticos literários:

---

[5] SCHWARTZ, Jorge. *Vanguardas Latino-Americanas. Polêmicas, manifestos e textos críticos*. São Paulo: Iluminuras/Edusp/Fapesp, 1995, p. 505.
[6] Idem, ibidem, p. 507.
[7] "Sobre Roberto Arlt". In *Revista Cult* ano III, n. 33, 2000, p. 49. Trad. Maria Paula Gurgel Ribeiro. Esta entrevista foi originalmente publicada em *Crítica y ficción*. Buenos Aires: Siglo Veinte, 1990, p. 32.

O brinquedo raivoso foi escrito em distintas etapas. O último capítulo em meados de 1924, quando uma editora organizou um concurso. O primeiro capítulo em 1919. O autor não sabia então qual ia ser seu caminho efetivo na vida. Se seria comerciante, peão, empregado de alguma empresa comercial ou escritor. Acima de tudo, desejava ser escritor. Como disse, apresentei este romance em meados de 1924, para uma editora cujo diretor a recusou com uma série de argumentações mais ou menos engenhosas. O autor arquivou então o livro escrito à máquina... ah... não... melhor dizendo... nesse mesmo ano o apresentou a outra editora, cujo editor também o recusou, mas desta vez não em nome da literatura ofendida, e sim das economias alquebradas.
(...)
Quando este romance foi publicado, os críticos ficaram tão frios como costumam estar na maioria das vezes quando aparece um livro cujo autor traz em seus alforjes a semente de um fruto novo. Sua aparição passou sem deixar maiores rastros nos anais da crítica, mesmo que entre a juventude *O brinquedo raivoso* provocasse apaixonados elogios. (...)
De qualquer maneira, esta obra revela através de um personagem, em seus quatro episódios, a vida de um garoto atormentado pelo ambiente que o estado econômico e social da época levou pelo tortuoso caminho da delinquência. Tal personagem é familiar nesta Babel da América onde se sonha com as fantasias que a miséria provoca. Há nesta obra o frescor juvenil do personagem e do autor que, como a virtude da donzela, só se oferece uma vez na vida. Essa juventude torna este romance duplamente interessante...

Uma das poucas declarações de Jorge Luis Borges (1899-1986) sobre Roberto Arlt diz respeito exatamente a *O brinquedo raivoso* e à relação do seu autor com Güiraldes:

— *O que opina sobre Roberto Arlt?*
— Roberto Arlt escreveu um romance admirável, *O brinquedo raivoso*. Nos outros livros dele me parece que vai decaindo, os personagens parecem menos reais, e entramos num mundo no qual os personagens são um pouco simbólicos.
— *Estranho, o senhor exige realidade a Arlt.*
— *O brinquedo raivoso* me parece, não sei, muito mais vivo do que os outros livros dele. Agora, pessoalmente, eu me relacionei com ele... não era uma pessoa muito agradável, sabe? Era uma pessoa ressentida, a verdade é que não fui muito amigo dele. Fomos companheiros na revista *Proa*, foi secretário de Güiraldes. Güiraldes o fez seu secretário para ajudá-lo e o Arlt, que era muito orgulhoso, percebeu a intenção... Güiraldes ditava uma frase qualquer e Arlt lhe dizia, com aquele seu sotaque especial: *Mas isso que você disse é uma burraaaada, Ricardo*. E o Ricardo insiste em defender sua frase. Em seguida, envolviam-se numa discussão literária e o trabalho não avançava; com semelhante secretário, que reprova assiduamente tudo o que o autor lhe dita...

— Secretário muito especial, Arlt.
— Ao mesmo tempo, Arlt fazia isso por orgulho. Percebia que Güiraldes queria protegê-lo e nenhuma pessoa gosta que a protejam. De modo que, como secretário, não foi muito útil.[8]

Anos depois, Borges prestou uma homenagem a Arlt com o conto "O indigno",[9] ao tratar de um tema muito presente na obra deste: a traição. E há inúmeras coincidências entre os textos, como o fato de o traidor ser o próprio narrador; de ambos serem jovens quando cometem a traição e de que ambos delatam uma pessoa que admiram. Além disso, um dos personagens, um policial, é "um tal de Eald ou Alt", numa clara alusão a Arlt e à brincadeira que ele próprio fazia com o seu nome, "uma vogal e três consoantes"[10] e à dificuldade das pessoas em pronunciá-lo.

Como algumas das obras de Roberto Arlt, em 1984 *O brinquedo raivoso* ganhou uma versão cinematográfica, de mesmo título, dirigida por José Maria Paolantonio, que também assina o roteiro juntamente com Mirta Arlt, filha do escritor.

A LINGUAGEM

Um dado importante na narrativa arltiana é a integração entre a linguagem falada e a escrita. É verdade que outros escritores argentinos como Fray Mocho, Last Reason e Félix Lima também empregaram o lunfardo e a linguagem coloquial em seus textos, principalmente nas crônicas de costumes. Sem falar nas letras de tango — cabe lembrar aqui que o tango era tido, nos anos 1920, como uma atividade de marginais e a música ouvida pela classe média era o foxtrote —, nos sainetes e na gauchesca, cujo registro permitia o emprego de recursos de ordem oral. Mas a diferença é que, nestes espaços, o seu uso era tolerado, tendo quase um caráter de exotismo. Arlt inovou a literatura argentina ao estender esse uso aos romances e às crônicas, sem imprimir tal conotação exótica.

Levando-se isso em conta, é possível notar em *O brinquedo raivoso* diferentes registros de linguagem: nos momentos da ação em que atuam o então jovem narrador, Sílvio Astier e seus amigos prevalece o tom coloquial juntamente com o lunfardo, a gíria portenha. Os demais personagens utilizam apenas a linguagem

---

[8] BRACELI, Rodolfo. *Borges-Bioy. Confesiones, confesiones.* Buenos Aires: Sudamericana, 1997, pp. 80-1.
[9] BORGES, Jorge Luis. "O indigno", trad. Hermildo Borba Filho. In: *Obras completas,* v. II. São Paulo: Globo, 2000, pp. 431-6.
[10] In: *Água-fortes portenhas,* "Eu não tenho culpa", São Paulo: Iluminuras, 2013.

coloquial, sem gírias, e em muitos casos acrescida de um idioma estrangeiro: assim, um casal de comerciantes fala espanhol entremeado por palavras italianas e, inclusive, pelo dialeto napolitano — como "strunsso", "bagazza", por exemplo —; uma prostituta e sua empregada falam francês. Já quando o narrador adulto se manifesta, a linguagem é coloquial, sem gírias e entremeada por alguns termos arcaicos (como "mancebo", "fementido", "fâmulo", entre outros) ao lado de outros rebuscados e até alguns neologismos, como por exemplo, "azulidade".

O fato de utilizar uma linguagem coloquial não significa, no entanto, que Arlt reproduza a fala. Muito pelo contrário; a partir da linguagem cotidiana ele reinventa uma língua literária, áspera, irônica, crua. Ele "percebe que a língua nacional é um conglomerado"[11] e constrói seu estilo com os diferentes registros e tons desse idioma, sem se ater aos cânones gramaticais da época.

ALGUMAS CONSIDERAÇÕES SOBRE ESTA TRADUÇÃO

Ao longo dos anos, a obra de Roberto Arlt sofreu inúmeras modificações, o que acabou afetando sua leitura. Por isso, para traduzir este romance, tomei como base a publicada pela editora Losada Losada (Buenos Aires, 1997, v. 1), com edição e prólogo de David Viñas, que apresenta a obra como foi publicada nas primeiras edições e revisadas pelo próprio Arlt. Depois a cotejei com as seguintes edições: Altamira (La Plata, 1995), que faz um cotejo com as primeiras edições; Claridad (Buenos Aires, 1931); Espalsa Calpa, Coleção Austral (Buenos Aires, 1993), edição de Ricardo Piglia que toma como base a primeira edição do romance, publicada pela Editora Latina, em 1926; Catedra (Madri, 2001), que também faz um cotejo entre várias edições e, por fim, Centro Editor de America Latina (Buenos Aires, 1968).

Tratando de ser fiel ao estilo do autor, mantive as repetições, as frases invertidas, a inconstância no uso de aspas em palavras estrangeiras e gírias. No que se refere a estas últimas, como venho fazendo ao longo da tradução da obra de Roberto Arlt, procurei utilizar termos não muito atuais, uma vez que este é um texto da década de 1920.

Dentre os personagens, há um sapateiro andaluz e Arlt transcreve foneticamente o sotaque deste. Assim, em vez de "Este chaval, (...) era más linda que una rosa" Arlt escreve "Ezte chaval, (...) era ma linda que uma rrossa", só para citar um exemplo. Ao traduzir, em vez do z utilizado no original, optei pelo ss

---

[11] PIGLIA, Ricardo. *Respiração artificial*. Trad. Heloisa Jahn. São Paulo: Iluminuras, 1987, p. 125.

e mantive a duplicação do r e do s: "Esste rapaz..., meu filho.... que rapaz! Era ma lindo que uma rrossa (...)".

Esta edição

A presente edição contém, como apêndice, "O poeta paroquial", texto apresentado por Arlt na revista Proa, em março de 1925, como uma prévia de *O brinquedo raivoso*. Traz também a resenha sobre o romance publicada na revista *Nosotros*, em dezembro de 1926, assinada por Leónidas Barletta.

A revista cultural *Nosotros* foi fundada em 1907, por Roberto Giusti e Roberto Bianchi, e teve vida longa, até 1943. Publicação mensal, de grande prestígio no mundo cultural argentino, através de seus 396 números é possível traçar um panorama da literatura argentina das quatro primeiras décadas do século XX. Seus colaboradores eram das mais variadas tendências políticas, filosóficas e literárias e a grande maioria dos textos publicados era de autores argentinos, tanto os já consagrados — como Leopoldo Lugones, Roberto Payró, Evaristo Carriego — como os jovens escritores que recém ingressavam no campo cultural argentino, como Alberto Gerchunoff, Jorge Luis Borges, Alfonsina Storni, entre outros. Leónidas Barletta (1902-1975), jornalista, integrante do grupo Boedo, ao longo dos anos de 1920 escreveu em importantes revistas portenhas de grande circulação como *Caras y Caretas*, *Mundo Argentino*, *Los pensadores*, *Claridad*, adquirindo grande prestígio. Na resenha sobre *O brinquedo raivoso* ele aponta para a chegada de um novo escritor, relevante na literatura argentina. Em suas palavras, "*O brinquedo raivoso*, de Roberto Arlt é, inquestionavelmente, um bom romance". Em 1930 Barletta fundaria o Teatro del Pueblo, no qual Roberto Arlt encenaria todas as suas peças.

* * *

O BRINQUEDO RAIVOSO

1. OS LADRÕES

Quando eu tinha catorze anos, me iniciou nos deleites e afãs da literatura bandoleiresca um velho sapateiro andaluz que tinha sua sapataria junto a uma serralheria de fachada verde e branca, no saguão de uma casa antiga da rua Rivadavia, entre a Sud América e a Bolívia.

Decoravam a frente da biboca as capas policromadas dos folhetos que narravam as aventuras de Montbars, o Pirata, e de Wenongo, o Moicano. Ao sair da escola nós, os rapazes, nos deleitávamos observando aquelas figuras dependuradas na porta, descoloridas pelo sol.

Às vezes entrávamos para comprar meio maço de cigarros Barrilete, e o homem praguejava por ter que deixar o banquinho para negociar com a gente.

Era um tanto corcunda, rosto carcomido e barbudo e, ainda por cima, meio manquitola, de uma manquitolice estranha, o pé redondo como o casco de uma mula com o calcanhar virado para fora.

Cada vez que eu o via me lembrava deste provérbio, que minha mãe costumava dizer: "Proteja-se dos marcados por Deus".

Ele costumava prosear comigo, e enquanto escolhia uma botina escalavrada entre o amontoado de fôrmas e rolos de couro, me iniciava com amarguras de fracassado no conhecimento dos bandidos mais famosos nas terras da Espanha, ou então fazia a apologia de um freguês desprendido a quem lustrava o calçado e que o favorecia com vinte centavos de gorjeta.

Como ele era cobiçoso, sorria ao evocar o cliente, e o sórdido sorriso, que não conseguia inchar suas bochechas, enrugava seu lábio sobre os enegrecidos dentes.

Simpatizei com ele, apesar de ser um rabugento, e por alguns cinco centavos de juros ele me alugava seus livrecos, adquiridos em longas assinaturas.

Assim, me entregando a história da vida de Diego Corrientes, ele dizia:

— Esste rapaz, meu filho... que rapaz! Era ma lindo que uma rrossa e os *migueletes*[1] mataram ele...

Tremia de inflexões cheias de gana a voz do artesão:

— Ma lindo que uma rrossa... se ele não fosse tão pé-frio...

Reconsiderava em seguida:

— Imagina só... dava aos pobre o que tirava dos rico... tinha mulher em todo canto... era ma lindo que uma rrossa...

---

[1] Fuzileiros de montanha, na Catalunha. (N.T.)

Na mansarda, empesteada com cheiro de cola e de couro, sua voz despertava um sonho com montes reverdecidos. Nos desfiladeiros havia zambras, as danças ciganas... todo um país montanhista e luxuriante aparecia diante dos meus olhos chamado pela evocação.

— É, era ma lindo que uma rrossa — e o manquitola desafogava sua tristeza amolecendo a sola a marteladas, em cima de uma prancha de ferro que apoiava nos joelhos.

Depois, encolhendo os ombros como se descartasse uma ideia inoportuna, cuspia por entre os caninos num canto, afiando com movimentos rápidos a sovela na pedra.

Mais tarde, acrescentava:

— Você vai ver que parte ma linda quando aparecer a dona Inezita e a birosca do seu Pezuña. — E observando que eu levava o livro, gritava como forma de advertência:

— Cuide dele, menino, que dinheiro custa. — E tornando aos seus afazeres, inclinava a cabeça coberta até as orelhas por um gorro cor de rato, remexia numa caixa com os dedos besuntados de cola e, enchendo a boca de preguinhos, continuava fazendo toc... toc... toc... toc... com o martelo.

Essa literatura, que eu devorava nas numerosas "entregas", era a história de José Maria, o Raio da Andaluzia, ou as aventuras de Dom Jaime, o Barbudo, e outros pilantras mais ou menos autênticos e pitorescos dos cromos, que os apresentavam desta forma:

Cavaleiros em potros estupendamente encilhados, com retintas costeletas no rosto corado, rabicho à la toureiro coberto por um chapéu cordobês e trabuco na sela. Em geral ofereciam, com gesto magnânimo, um saco amarelo de dinheiro a uma viúva com um infante nos braços, parada aos pés de um verde outeiro.

Então eu sonhava em ser bandido e estrangular corregedores libidinosos; desentortaria os tortos, protegeria as viúvas, e singulares donzelas me amariam.

Eu precisava de um camarada nas aventuras da primeira idade, e este foi Enrique Irzubeta.

Esse fulano era um pilantra a quem eu sempre ouvi chamar pelo edificante apelido de "o falsificador".

Eis aqui como se estabelece uma reputação e como o prestígio secunda o principiante na louvável arte de tapear o leigo.

Enrique tinha catorze anos quando enganou o fabricante de uma fábrica de balas, o que é uma prova evidente de que os deuses haviam traçado qual seria, no futuro, o destino do amigo Enrique. Mas como os deuses são arteiros de coração, não me surpreende, ao escrever as minhas memórias, tomar conhecimento de que Enrique está hospedado num desses hotéis que o Estado dispõe para os audazes e velhacos.

A verdade é esta:

Certo fabricante, para estimular a venda de seus produtos, iniciou um concurso com prêmios destinados àqueles que apresentassem uma coleção de bandeiras, das quais havia um exemplar dentro da embalagem de cada bala.

A dificuldade consistia (dado que escasseava sobremaneira) em achar a bandeira da Nicarágua.

Esses certames absurdos, como se sabe, apaixonam os rapazes, que, amparados em um interesse comum, todos os dias computam o resultado desses trabalhos e a marcha de suas pacientes indagações.

Então Enrique prometeu aos seus companheiros de bairro, certos aprendizes de uma carpintaria e os filhos do dono do estábulo, que ele falsificaria a bandeira da Nicarágua desde que um deles lhe arranjasse uma.

O rapaz duvidava... vacilava, conhecendo a reputação do Irzubeta, mas Enrique, magnanimamente, ofereceu como reféns dois volumes da *História da França*, escrita por M. Guizot, para que não se colocasse em dúvida sua probidade.

Assim ficou fechado o trato na calçada da rua, uma rua sem saída, com lampiões pintados de verde nas esquinas, com poucas casas e compridos muros de tijolos. Em distantes cercas vivas, repousava a celeste curva do céu, e apenas o monótono rumor de uma serra sem fim ou o mugido das vacas no estábulo entristecia a ruela.

Mais tarde fiquei sabendo que Enrique, usando nanquim e sangue, reproduziu a bandeira da Nicarágua tão habilmente que o original não se distinguia da cópia.

Dias depois, Irzubeta ostentava um flamejante fuzil de ar comprimido, que vendeu a um brechó da rua Reconquista. Isso acontecia lá pelos tempos em que o esforçado Bonnot e o valorosíssimo Valet aterrorizavam Paris.

Eu já tinha lido os quarenta e tantos tomos que o visconde de Ponson du Terrail escrevera sobre o filho adotivo de mamãe Fipart, o admirável Rocambole, e aspirava a ser um bandido da velha escola.

Bom: num dia estival, no sórdido armazém do bairro, eu conheci o Irzubeta.

A calorosa hora da sesta pesava nas ruas, e eu, sentado numa barrica de erva, discutia com o Hipólito, que aproveitava os sonhos do seu pai para fabricar aeroplanos com armação de bambu. Hipólito queria ser aviador, "mas antes devia resolver o problema da estabilidade espontânea". Em outros tempos, ele andou preocupado com a solução do movimento contínuo e costumava me consultar sobre o resultado possível de suas cismas.

Hipólito, com os cotovelos num jornal manchado de toucinho, entre uma marmita com queijos e as varetas coloridas "do caixa", escutava a minha tese com muita atenção:

— O mecanismo de um "relógio" não serve pra hélice. Coloca um motorzinho elétrico e pilhas secas na "fuselagem".

— Então, como os submarinos...

— Que submarinos? O único perigo é que a corrente pode te queimar o motor, mas o aeroplano vai funcionar de um jeito mais sereno e vai passar um bom tempo antes que as pilhas descarreguem.

— Rapaz... e o motor não pode funcionar com a telegrafia sem fios? Você devia estudar esse invento. Sabe que seria lindo?

O Enrique entrou naquele instante.

— Ei, Hipólito, a minha mãe falou se você não pode me dar meio quilo de açúcar até mais tarde.

— Não posso, meu chapa; o velho me disse que enquanto vocês não acertarem a caderneta...

Enrique franziu ligeiramente o cenho.

— Tô te estranhando, Hipólito!...

Hipólito acrescentou, conciliador:

— Se fosse por mim, você já sabe... mas é o velho, meu chapa. — E apontando para mim, satisfeito de poder desviar o tema da conversa, acrescentou, dirigindo-se ao Enrique:

— Você não conhece o Sílvio, conhece? É aquele do canhão.

O semblante do Irzubeta se iluminou, deferente.

— Ah, é você? Parabéns. O bosteiro do estábulo me disse que ele atirava como um Krupp...

Enquanto ele falava, eu o observei.

Era alto e enxuto. Sobre a avolumada testa, manchada de sardas, os lustrosos cabelos pretos ondulavam de modo senhoril. Tinha os olhos cor de tabaco, ligeiramente oblíquos, e vestia terno marrom adaptado à sua figura por mãos pouco hábeis em trabalhos de alfaiataria.

Apoiou-se na beirada do balcão, pousando a barba na palma da mão. Parecia refletir.

Afamada aventura foi aquela do meu canhão e me é grato recordá-la.

Comprei, de uns peões de uma companhia de eletricidade, um tubo de ferro e várias libras de chumbo. Com esses elementos fabriquei o que eu chamava de uma colubrina ou "bombarda". Procedi desta forma:

Num molde hexagonal de madeira, forrado internamente de barro, introduzi o tubo de ferro. O espaço entre ambas as faces internas, recheei de chumbo fundido. Depois de romper o invólucro, desbastei o bloco com uma lima grossa, fixando-o ao canhão por meio de braçadeiras de latão numa coroa fabricada com as tábuas mais grossas de um caixote de querosene.

A minha colubrina era bem bonita. Carregava projéteis de duas polegadas de diâmetro, cuja carga eu colocava em sacos de barbante cheios de pólvora.

Acariciando o meu pequeno monstro, eu pensava: "Este canhão pode matar, este canhão pode destruir", e a convicção de ter criado um perigo obediente e mortal me enlouquecia de alegria.

Admirados, os rapazes da vizinhança o examinaram, e isso deixou evidente para eles a minha superioridade intelectual, que, desde então, prevaleceu nas expedições organizadas para ir roubar frutas ou descobrir tesouros enterrados nos descampados que ficavam para lá do arroio Maldonado, no bairro de San José de Flores.

O dia em que testamos o canhão ficou famoso. Entre um maciço de cina-cina que havia numa enorme estrebaria na rua Avellaneda, antes de chegar a San Eduardo, fizemos o experimento. Um círculo de rapazes me rodeava enquanto eu, ficticiamente exaltado, carregava a colubrina na boca. Depois, para comprovar suas virtudes balísticas, dirigimos a pontaria para o depósito de zinco que, sobre a muralha de uma carpintaria próxima, abastecia-a de água.

Emocionado, aproximei um fósforo da mecha; uma chaminha escura se encapelou sob o sol e, de repente, um terrível estampido nos envolveu numa nauseabunda neblina de fumaça branca. Por um instante, permanecemos aturdidos pela maravilha: parecia que naquele momento tínhamos descoberto um novo continente ou que, por magia, havíamos nos transformado em donos da Terra.

De repente, alguém gritou:

— Vamos chispar daqui! A "cana"!

Não houve tempo material para fazer uma retirada honrosa. Dois vigilantes se aproximavam a toda velocidade, duvidamos... e subitamente, a grandes saltos, fugimos, abandonando a "bombarda" ao inimigo.

O Enrique acabou por dizer:

— Meu chapa, se você precisar de dados científicos para as suas coisas, eu tenho em casa uma coleção que se chama "Ao Redor do Mundo" e posso te emprestar.

Desde esse dia até a noite do grande perigo, a nossa amizade foi comparável a de Orestes e Pílades.

***

Que novo mundo pitoresco eu descobri na casa da família Irzubeta!

Gente memorável! Três varões e duas fêmeas, e a casa regida pela mãe, uma senhora cor de sal com pimenta, de olhinhos de peixe e comprido nariz inquisidor, e a avó encurvada, surda e de um negror como uma árvore queimada pelo fogo.

Com exceção de um ausente, que era o oficial de polícia, naquele cubículo taciturno todos folgavam numa doce vadiagem, com um ócio que passava dos romances de Dumas ao reconfortante sonho das sestas e ao amável mexerico do entardecer.

As inquietudes sobrevinham no começo do mês. Tratava-se então de dissuadir os credores, de engambelar os "galegos de merda", de acalmar a coragem da gente plebeia que, sem tato algum, vociferava do portão, reclamando o pagamento das mercadorias, ingenuamente vendidas a prazo.

O proprietário do cubículo era um alsaciano gordo, chamado Grenuillet. Reumático, setentão e neurastênico, acabou por se acostumar à irregularidade dos Irzubeta, que pagavam o aluguel de vez em quando. Em outras ocasiões, ele tinha tentado inutilmente despejá-los, mas os Irzubeta eram parentes de juízes rançosos e de outras pessoas da mesma laia do partido conservador, por cuja razão se sabiam inamovíveis.

O alsaciano acabou por se resignar à espera de um novo regime político, e a florida sem-vergonhice daqueles embusteiros chegava ao extremo de enviar Enrique para solicitar do proprietário passe livre para entrar no Cassino, onde o homem tinha um filho que desempenhava o cargo de porteiro.

Ah! E que saborosíssimos comentários, que cristãs reflexões se podia escutar das comadres que, em conciliábulo no açougue do bairro, comentavam piedosamente a existência de seus vizinhos.

Dizia a mãe de uma menina feíssima, referindo-se a um dos jovens Irzubeta que, num ataque de excitação, havia mostrado suas partes pudentas à donzela:

— Torça, senhora, pra que eu não o agarre, porque vai ser pior do que se um trem passasse por cima dele.

Dizia a mãe do Hipólito, mulher gorda, de rosto branquíssimo e sempre grávida, segurando o açougueiro pelo braço:

— Aconselho o senhor, dom Segundo, que não venda fiado pra eles nem de brincadeira. Eles deram um calote na gente que eu nem lhe conto.

— Fique sossegada, fique sossegada — resmungava austeramente o homem corpulento, esgrimindo sua enorme faca em volta de um bofe.

Ah! E eram muito joviais, os Irzubeta. Que o diga se não o padeiro que teve a audácia de se indignar por causa da morosidade de seus credores.

O tal sujeito ralhava na porta com uma das meninas, quando quis, para seu azar, que o oficial inspetor, casualmente de visita a casa, escutasse.

Este, acostumado a dirimir qualquer questão aos pontapés, irritado com a insolência que representava o fato de o padeiro querer cobrar o que lhe era devido, expulsou-o da porta aos socos. Isso não deixou de ser uma saudável lição de boas maneiras, e muitos preferiram não cobrar. Em resumo, a vida encarada por aquela família era mais jocosa do que um sainete bufo.

As donzelas, maiores de vinte e seis anos e sem noivo, deleitavam-se em Chateaubriand, languesciam em Lamartine e Cherbuliez. Isso lhes fazia ter a convicção de que pertenciam a uma "elite" intelectual e, por esse motivo, designavam as pessoas pobres com o adjetivo de gentalha.

Chamavam de gentalha o dono do armazém que pretendia cobrar seu feijão, gentalha era a lojista de quem tinham surrupiado uns metros de renda, gentalha era o açougueiro que bramia de coragem quando por entre os postigos, a contragosto, gritavam para ele que "no mês que vem a gente paga, sem falta".

Os três irmãos, cabeludos e magros, fama de vagabundos, durante o dia tomavam abundantes banhos de sol e, ao escurecer, trajavam-se com o fim de granjear namoricos entre as perdulárias do arrabalde.

As duas anciãs beatas e resmungonas brigavam o tempo todo por ninharias ou, sentadas em roda na vetusta sala com as filhas, espiavam por trás das cortinas de voile e teciam fuxicos; e como descendiam de um oficial que militara no exército de Napoleão I, muitas vezes, na penumbra que idealizava seus semblantes exangues, escutei-as sonhando com mitos imperialistas, evocando envelhecidos resplendores de nobreza, enquanto na solitária calçada, o lanterneiro, com sua vareta coroada com uma chama violeta, acendia o lampião verde.

Como não desfrutavam de meios para manter uma criada e como nenhuma empregada tampouco poderia suportar os brios faunescos dos três sem-vergonhas cabeludos, e os maus humores das suscetíveis donzelas, e os caprichos das bruxas dentuças, Enrique era o leva e traz necessário para o bom funcionamento daquela cambaia máquina econômica, e ele estava tão acostumado a pedir fiado que o seu descaramento nesse sentido era inaudito e exemplar. Em seu elogio, pode-se dizer que um bronze era mais suscetível de vergonha do que o seu fino rosto.

As dilatadas horas livres, o Irzubeta as entretinha desenhando, habilidade para a qual não carecia de engenho e delicadeza, o que não deixa de ser um bom argumento para comprovar que sempre existiram pilantras com atitudes estéticas. Como eu não tinha nada para fazer, estava frequentemente na casa dele, coisa que não agradava as dignas anciãs, para quem eu estava me lixando.

Dessa união com Enrique, das prolongadas conversas sobre bandidos e latrocínios, nasceu em nós uma singular predisposição para executar barbaridades e um desejo infinito de nos imortalizarmos com o nome de delinquentes.

Dizia-me Enrique, por ocasião de uma expulsão de gatunos emigrados da França para Buenos Aires, e que o Soiza Reilly[2] tinha noticiado, acompanhando o artigo de eloquentes fotografias:

— O presidente da República tem quatro "gatunos" que são seus guarda-costas.

Eu dava risada.

— Deixa de gozação.

— Verdade, estou te dizendo, e são assim — e abria os braços como um crucificado para me dar uma ideia da capacidade torácica dos tais facínoras.

Não lembro por meio de que sutilezas e desrazões chegamos a nos convencer de que roubar era uma ação meritória e bela; mas sei, isso sim, que, de comum acordo, resolvemos organizar um clube de ladrões, do qual no momento só nós éramos afiliados.

Mais adiante veríamos... E para iniciarmos dignamente, decidimos começar a nossa carreira depenando as casas desabitadas. Era assim:

Depois de almoçar, na hora em que as ruas estão desertas, discretamente vestidos, saíamos percorrendo as ruas do bairro de Flores ou de Caballito.

Nossas ferramentas de trabalho eram: uma pequena chave inglesa, uma chave de fenda e alguns jornais para embrulhar o furto.

Onde um cartaz anunciava uma propriedade para alugar, nós nos dirigíamos para solicitar referências; com bons modos e rosto compungido. Parecíamos os coroinhas de Caco.

Uma vez que nos arranjavam as chaves, com o objetivo de conhecer as condições de habitabilidade das casas para alugar, saíamos apressados.

Ainda não esqueci a alegria que experimentava ao abrir as portas. Entrávamos violentamente; ávidos de butim, percorríamos os cômodos avaliando com rápidos olhares a qualidade do roubável.

Se havia instalação de luz elétrica, arrancávamos os cabos, soquetes e campainhas, as lâmpadas e os interruptores, os lustres, as cúpulas de abajur e as pilhas; do chuveiro, por ser niqueladas, as torneiras, e as da pia por ser de

---

[2] Juan José de Soiza Reilly publicou "Jehová", primeiro conto do então adolescente Roberto Arlt, na *Revista Popular*, em 1917 sob o título "Prosas modernas e ultramodernas". Arlt menciona o fato na Água-forte "Este é Soiza Reilly" (31 maio 1930), presente em *Águas-fortes portenhas seguidas de Águas-fortes cariocas*. São Paulo: Iluminuras, 2013. (N.T.)

bronze, e não levávamos as portas ou janelas para não nos transformarmos em moços de fretes.

Trabalhávamos instigados por certa jovialidade dolorosa, um nó de ansiedade parado na garganta, e com a presteza dos transformistas nos palcos, ríamos sem motivo, tremendo por nada.

Os cabos pendiam em farrapos dos plafons lascados pela brusquidão do esforço; pedaços de gesso e argamassa manchavam os pisos empoeirados; na cozinha, os canos de chumbo desfiavam uma interminável trilha d'água, e em poucos segundos tínhamos a habilidade de dispor a moradia para uma onerosa reforma.

Depois, Irzubeta ou eu entregávamos as chaves e, com passos rápidos, desaparecíamos.

O lugar do reencontro era sempre os fundos da loja de um encanador, uma figura de Cacaseno com cara de lua, crescido em anos, ventre e cornos, porque se sabia que tolerava com paciência franciscana a infidelidade da esposa.

Quando, indiretamente, lhe faziam reconhecer sua condição, ele replicava com mansidão pascal que a esposa sofria dos nervos, e diante de argumento de tal solidez científica não cabia senão o silêncio.

No entanto, para seus interesses, era uma águia.

O perna-torta conferia meticulosamente nossa trouxinha, sopesava os cabos, testava as lâmpadas com o objetivo de verificar se os filamentos estavam queimados, farejava as torneiras e, com paciência desesperante, calculava e descalculava, até acabar por nos oferecer a décima parte do que valia o roubado a preço de custo.

Se discutíamos ou nos indignávamos, o bom homem levantava as pupilas bovinas, sua cara redonda sorria com deboche e, sem nos deixar replicar, dando festivos tapinhas nas nossas costas, punha-nos na porta da rua com a maior graça do mundo e o dinheiro na palma da mão.

Mas não pensem que circunscrevíamos as nossas façanhas somente às casas desalugadas. Ninguém como nós para o exercício de afanar!

Espreitávamos continuamente as coisas alheias. Nas mãos, tínhamos uma prontidão fabulosa; na pupila, a presteza de ave de rapina. Sem nos apressarmos e com a rapidez com que um gerifalte cai sobre cândida pomba, caíamos sobre o que não nos pertencia.

Se entrávamos num café e numa mesa havia um talher esquecido ou um açucareiro e o garçom se distraía, furtávamos ambos; e fosse nos balcões da cozinha ou em qualquer outro recanto, encontrávamos o que considerávamos necessário para o nosso benefício comum.

Não perdoávamos xícara nem prato, facas nem bolas de bilhar, e eu me lembro claramente que numa noite de chuva, num café muito frequentado, Enrique levou bonitamente um sobretudo e eu, outra noite, uma bengala com empunhadura de ouro.

Nossos olhos giravam como bolas e se abriam como dois ovos fritos investigando seu proveito, e assim que distinguíamos o apetecido, ali estávamos sorridentes, despreocupados e galhofeiros, os dedos prontos e o olhar bem escrutador, para não dar golpe em falso feito ladrões de galinha.

Nas lojas, exercitávamos também essa limpa habilidade, e era coisa de ver e não acreditar como engambelávamos os rapazolas que atendem o balcão enquanto o patrão dorme a sesta.

Com um pretexto ou outro, Enrique levava o rapaz para a vitrine da rua, para que ele lhe desse o preço de certos artigos, e se não havia pessoas na loja, eu prontamente abria uma vitrine e enchia os bolsos com caixas de lápis, tinteiros artísticos; só uma vez pudemos sangrar o dinheiro de uma gaveta sem alarme, e outra vez, numa loja de armas, levamos uma cartela com uma dúzia de canivetes de aço dourado e cabo de nácar.

Quando, durante o dia, não arranjávamos nada, ficávamos sorumbáticos, tristes com a nossa torpeza, desenganados com o nosso futuro.

Então rondávamos mal-humorados, até que aparecia alguma coisa em que nos desforrar.

Mas quando o negócio estava no auge, e as moedas eram substituídas pelos saborosos pesos, esperávamos uma tarde de chuva e saíamos de automóvel. Que voluptuosidade então percorrer entre cortinas d'água as ruas da cidade! Nós nos refestelávamos nos estofamentos puídos, acendíamos um cigarro, deixando para trás as pessoas apressadas debaixo da chuva, imaginávamos que vivíamos em Paris ou na brumosa Londres. Sonhávamos em silêncio, o sorriso pousado no lábio condescendente.

Depois, numa confeitaria luxuosa, tomávamos chocolate com baunilha e, saciados, regressávamos no trem da tarde, as energias duplicadas pela satisfação do gozo proporcionado ao corpo voluptuoso, pelo dinamismo de todo o circundante que, com seus rumores de ferro, gritava nos nossos ouvidos:

Mais pra frente, mais pra frente!

Dizia eu para o Enrique, certo dia:

— A gente tem que formar uma verdadeira sociedade de rapazes inteligentes.

— A dificuldade é que poucos são como nós — arguia Enrique.

— É, tem razão; mas não hão de faltar.

Poucas semanas depois de falado isso, por diligência do Enrique, associou-se a nós um tal Lúcio, um palerma de corpo pequeno e lívido de tanto se masturbar, tudo isso junto a uma cara de sem-vergonha que provocava risada quando se olhava para ele.

Vivia sob a tutela de umas tias velhas e devotas que em muito pouco ou em nada se ocupavam dele. Esse traste tinha uma ocupação favorita orgânica, e comunicava as coisas mais vulgares adotando precauções como se se tratasse de tremebundos segredos. Fazia isso olhando de esguelha e movendo os braços à semelhança de certos artistas de cinema que atuam como malandros em bairros de muralhas cinza.

— De pouco nos servirá esse energúmeno — eu disse para Enrique; mas como fornecia o entusiasmo do neófito à recente confraria, sua decisão entusiasta, ratificada por um gesto rocambolesco, esperançou-nos.

***

Como é de praxe, não podíamos carecer de local onde nos reunir, e o denominamos, por sugestão do Lúcio, aceita unanimemente, "Clube dos Cavaleiros da Meia-Noite".

Esse clube ficava nos fundos da casa do Enrique, diante de um mictório de paredes enegrecidas e rebocos descascados, e consistia numa estreita peça de madeira empoeirada, de cujo teto de tábuas pendiam compridas teias de aranha. Jogados pelos cantos, havia montões de títeres inválidos e descoloridos, herança de um titereiro fracassado amigo dos Irzubeta, diversas caixas com soldados de chumbo atrozmente mutilados, fedorentos pacotes de roupa suja e caixotes entupidos de revistas velhas e jornais.

A porta do chiqueiro dava para um pátio escuro de tijolos trincados que, nos dias chuvosos, vertiam lama.

— Não tem ninguém, meu chapa?

Enrique fechou o frágil postigo por cujos vidros quebrados se viam grandes rolos de nuvens de estanho.

— Estão lá dentro, conversando.

Nós nos posicionamos da melhor maneira possível. Lúcio ofereceu cigarros egípcios, formidável novidade para nós, e com donaire acendeu o fósforo na sola de seus sapatos. Depois disse:

— Vamos ler o Livro de Atas.

Para que nada faltasse no supracitado clube, havia também um Livro de Atas no qual se consignavam os projetos dos associados e também um carimbo, um carimbo retangular que o Enrique fabricou com uma rolha e no qual se podia apreciar o emocionante espetáculo de um coração perfurado por três punhais.

Tal livro era redigido por cada um de nós, em turnos, o final de cada ata era assinado, e cada rubrica levava um carimbo correspondente.

Ali era possível ler coisas como as que seguem:

Proposta do Lúcio. — Pra roubar no futuro, sem necessidade de gazua, é conveniente tirar em cera virgem os modelos das chaves de todas as casas a ser visitadas.

Proposta do Enrique. — Também se fará uma planta da casa de onde se tirar cópia das chaves. Essas plantas serão arquivadas com os documentos secretos da Ordem e terão que mencionar todas as particularidades do edifício, pra maior comodidade daquele que tiver de operar.

Acordo geral da Ordem. — Nomeia-se desenhista e falsificador do Clube o sócio Enrique.

Proposta do Sílvio. — Pra introduzir nitroglicerina num presídio, pega-se um ovo, tira-se a clara e a gema e, por meio de uma seringa, injeta-se o explosivo. Se os ácidos da nitroglicerina destruírem a casca do ovo, fabrique-se, com algodão-pólvora, uma camiseta. Ninguém suspeitará que a inofensiva camiseta é uma carga explosiva.

Proposta do Enrique. — O Clube deve contar com uma biblioteca de obras científicas pra que os seus confrades possam roubar e matar de acordo com os mais modernos procedimentos industriais. Além disso, depois de pertencer três meses ao Clube, cada sócio está obrigado a ter uma pistola Browning, luvas de borracha e cem gramas de clorofórmio. O químico oficial do Clube será o sócio Sílvio.

Proposta do Lúcio. — Todas as balas deverão ser envenenadas com ácido prússico e se provará seu poder tóxico cortando, com um tiro, a cauda de um cachorro. O cachorro tem que morrer em dez minutos.

— Ei, Sílvio.

— O que foi? — disse Enrique.

— Eu estava pensando uma coisa. Seria preciso organizar clubes em todas as cidadezinhas da República.

— Não, o principal — eu interrompi — está em sermos práticos, pra agir amanhã. Agora não é hora da gente se ocupar com invencionices.

Lúcio ajeitou uma trouxa de roupa suja que lhe servia de otomana. Prossegui:

— A aprendizagem de gatuno tem esta vantagem: dar sangue-frio à pessoa, que é a coisa mais necessária pro ofício. Além disso, a prática do perigo contribui pra que a gente crie hábitos de prudência.

Enrique disse:

— Vamos deixar de retórica e tratar de um caso interessante. Aqui, no fundo do açougue (a casa do Irzubeta era geminada com o tal fundo) tem um gringo que todas as noites guarda o carro e vai dormir num quartinho que ele aluga num casarão da rua Zamudio. O que você acha, Sílvio, da gente evaporar o magneto e a buzina dele?

— Sabe que isso é grave?

— Não tem perigo, meu chapa. Pulamos pela cerca. O açougueiro dorme feito uma pedra. É preciso pôr luvas, isso sim.

— E o cachorro?

— E eu conheço o cachorro pra quê?

— Acho que vai se armar o maior frege.

— O que você acha, Sílvio?

— Pensa só, a gente consegue mais de cem mangos pelo magneto.

— O negócio é lindo, mas arriscado.

— Você se decidiu, Lúcio?

— Que prensa, hein?... Mas é claro... visto as calças velhas, e é bom que não me estrague o "jetra"...[3]

— E você, Sílvio?

— Eu saio chispando assim que a velha dormir.

— E a que horas a gente se encontra?

— Ei, olha, Enrique. Não gosto do negócio.

— Por quê?

— Não gosto. Vão suspeitar da gente. Os fundos... O cachorro que não late... vai que a gente deixa rastro... não gosto. Você já sabe que não sou de fazer fita com nada, mas não gosto. É perto demais e a "yuta"[4] tem olfato.

— Então não se faz.

Sorrimos como se acabássemos de driblar um perigo.

***

---

[3] Traje. [Esta nota já constava da primeira edição da editora Claridad (1926) e nas demais que se seguiram. Trata-se do vesre, modalidade do lunfardo e um modo particular de falar do portenho que consiste em inverter todas ou algumas sílabas da palavra. (N.T.)]

[4] Polícia secreta. [O equivalente na gíria brasileira é "dona Justa" ou, simplesmente, "Justa". (N.T.)]

Assim vivíamos dias de emoção sem-par, gozando o dinheiro dos latrocínios, aquele dinheiro que tinha para nós um valor especial e até parecia falar com a gente com linguagem expressiva.

As notas pareciam mais significativas com suas imagens coloridas, as moedas de níquel tilintavam alegremente nas mãos que faziam malabarismos com elas. É, o dinheiro adquirido na base de trapaças aparentava para nós ser muito mais valioso e sutil, impressionava numa representação de valor máximo, parecia que sussurrava nos ouvidos um elogio sorridente e uma picardia incitante. Não era o dinheiro vil e odioso que se abomina porque é preciso ganhá-lo com trabalhos penosos, e sim dinheiro agilíssimo, uma esfera de prata com duas pernas de gnomo e barba de anão, um dinheiro trapaceiro e dançarino cujo aroma, como o vinho generoso, arrastava para farras divinas.

As nossas pupilas estavam limpas de inquietude, ousaria dizer que um halo de soberbia e audácia aureolava nossa testa. Soberbia de saber que, se conhecidas nossas ações, seríamos conduzidos diante de um juiz de instrução.

Sentados em volta da mesa de um café, às vezes palestrávamos:

— O que você faria diante do juiz criminal?

— Eu — respondia Enrique — falaria de Darwin e Le Dantec (Enrique era ateu).

— E você, Sílvio?

— Negar sempre, nem que me cortassem o pescoço.

— E a borracha?

Nós nos olhávamos espantados. Tínhamos horror da "borracha", esse bastão que não deixa sinal visível na carne: o bastão de borracha com que se castiga o corpo dos ladrões na Delegacia de Polícia quando demoram para confessar o delito.

Com uma ira mal reprimida, respondi:

— Eles não me catam. Eles têm que me matar antes.

Quando pronunciávamos essa palavra os nervos do rosto se distendiam, os olhos permaneciam imóveis, fixos numa ilusória hecatombe distante, e as aletas do nariz se dilatavam aspirando o cheiro da pólvora e do sangue.

— Por isso é preciso envenenar as balas — retrucou Lúcio.

— E fabricar bombas — continuei. — Nada de pena. É preciso acabar com eles, aterrorizar a "cana". Assim que estiverem descuidados, balas... Pros juízes, mandar bombas pelo correio...

Assim conversávamos em volta da mesa do café, sombrios e gozosos da nossa impunidade perante as pessoas, perante as pessoas que não sabiam que éramos ladrões, e um espanto delicioso apertava nosso coração ao pensar com que olhos nos veriam as novas donzelas que passavam se soubessem que nós, tão atilados e jovens, éramos ladrões... ladrões!...

***

Por volta da meia-noite eu me reuni num café com o Enrique e o Lúcio para ultimar os detalhes de um roubo que pensávamos efetuar.

Escolhendo o canto mais solitário, ocupamos uma mesa perto de uma vidraça.

Uma chuva fininha salpicava o vidro enquanto a orquestra soltava o último bramido de um tango carcerário.

— Tem certeza, Lúcio, de que os porteiros não estão?

— Tenho. São férias agora, e cada um vai pra um lado.

Tratávamos, nada menos, de depenar a biblioteca de uma escola.

Enrique, pensativo, apoiou a face em uma das mãos. A aba do boné fazia sombra nos seus olhos.

Eu estava inquieto.

Lúcio olhava em volta com a satisfação de um homem para quem a vida é amável. Para me convencer de que não existia nenhum perigo, franziu as sobrancelhas e, confidencialmente, me comunicou pela décima vez:

— Eu sei o caminho. O que é que está te preocupando? É só pular a cerca que dá para a rua e o pátio. Os porteiros dormem numa sala separada do terceiro andar. A biblioteca fica no segundo, e do lado oposto.

— O assunto é fácil, tá na cara — disse Enrique. — O negócio seria bonito se desse pra levar o *Dicionário Enciclopédico*.

— E como vamos levar vinte e oito tomos? Você está louco... a menos que chame um carro de mudanças.

Passaram alguns carros com a capota abaixada e a alta claridade dos arcos voltaicos, caindo sobre as árvores, projetava no pavimento longas manchas trêmulas. O garçom nos serviu café. As mesas ao redor continuavam desocupadas, os músicos conversavam no tablado, e do salão de bilhar chegava o barulho de tacos com que alguns entusiastas aplaudiam uma carambola complicadíssima.

— Vamos jogar bisca?

— Que bisca que nada, homem.

— Parece que está chovendo.

— Melhor — disse Enrique. — Estas noites agradavam a Montparnasse e a Tenardier. Tenardier dizia: "Mais fez Jean-Jacques Rousseau". Esse Tenardier era um safo de marca maior, e essa parte da gíria é formidável.

— Ainda tá chovendo?

Virei os olhos para a pracinha.

A água caía obliquamente e, entre duas fileiras de árvores, o vento a ondulava num cortinado cinza.

Olhando o verdor das ramagens e folhagens iluminadas pela claridade de prata dos arcos voltaicos, senti, tive uma visão de parques estremecidos numa noite de verão, pelo rumor das festas plebeias e dos fogos vermelhos estourando no azul. Essa evocação inconsciente me entristeceu.

Daquela última noite azarada conservo lúcida memória.

Os músicos tocaram uma peça que, na lousa, tinha o nome de "Kiss-me".

No ambiente vulgar, a melodia ondulou em ritmo trágico e longínquo. Diria que era a voz de um coro de emigrantes pobres no porão de um transatlântico, enquanto o sol se fundia nas densas águas verdes.

Lembro de como me chamou a atenção o perfil de um violinista de cabeça socrática e careca resplandecente. Em seu nariz cavalgavam óculos de vidros embaçados e reconhecia-se o esforço daqueles olhos encobertos, pela inclinação forçada do pescoço sobre o atril.

Lúcio me perguntou:

— Você continua com a Eleonora?

— Não, terminamos. Ela não quer mais ser minha namorada.

— Por quê?

— Porque sim.

A imagem unida à languidez dos violinos me penetrou com violência. Era um chamado da minha outra voz, ao olhar seu rosto sereno e doce. Oh! Quanto me havia extasiado de pena seu sorriso agora distante, e da mesa, com palavras de espírito, eu lhe falei da seguinte maneira, enquanto gozava uma amargura mais saborosa que uma voluptuosidade: "Ah! Se eu tivesse podido te dizer o quanto eu te amava, assim como a música do 'Kiss-me'... te dissuadir com este choro... então talvez... mas ela me amou também... não é verdade que você me amou, Eleonora?".

— Parou de chover... Vamos sair.

— Vamos.

Enrique jogou umas moedas na mesa. Ele me perguntou:

— Você está com o revólver?

— Estou.

— Não vai falhar?

— Experimentei outro dia. A bala atravessou duas tábuas.

Irzubeta acrescentou:

— Se dessa vez funcionar direito, eu compro uma Browning; mas, na dúvida, eu trouxe um soco-inglês.

— Está sem ponta?

— Não, tem cada pua que dá medo.

Um agente de polícia atravessou o gramado da praça na nossa direção.

Lúcio exclamou em voz alta o suficiente para ser escutado pelo meganha:

— É que o professor de Geografia tem raiva de mim, meu chapa, tem raiva de mim!

Atravessada a diagonal da pracinha, nos encontramos diante da muralha da escola e ali notamos que começava a chover outra vez.

Rodeava o edifício de esquina uma fileira de plátanos de grandes copas, que tornava densíssima a escuridão no triângulo. A chuva musicalizava um ruído singular na folhagem.

Uma alta grade mostrava seus dentes agudos, unindo os dois corpos do edifício, elevados e sombrios.

Caminhando lentamente, esquadrinhávamos na sombra; depois, sem pronunciar palavra, trepei no gradil, introduzi um pé no aro que ligava cada duas lanças e, num pulo, me precipitei no pátio, permanecendo alguns segundos na posição de quem cai, isto é, de cócoras, olhos imóveis, tocando com as almofadas dos dedos as lajotas molhadas.

— Não tem ninguém, meu chapa — sussurrou Enrique, que acabava de me seguir.

— Parece que não, mas o que é que o Lúcio está fazendo que não pula?

Nas pedras da rua escutamos a batida compassada de ferraduras depois se ouviu outro cavalo de passagem e, na escuridão, o barulho foi diminuindo.

Sobre as lanças de ferro, Lúcio assomou a cabeça. Apoiou o pé na trave e se deixou cair com tal sutileza que a sola de seu calçado mal rangeu no mosaico.

— Quem passou, meu chapa?

— Um oficial inspetor e um vigilante. Eu dei uma de quem esperava o "bondi".[5]

— Vamos pôr as luvas, meu chapa.

— Certo; com a emoção, eu já estava me esquecendo.

— E agora, pra onde ir? Isto aqui está mais escuro que...

— Por aqui...

Lúcio se fez de guia, eu saquei o revólver e nós três fomos em direção ao pátio coberto pelo terraço do segundo andar.

Na escuridão distinguia-se, incertamente, uma colunata.

---

[5] Bonde.

Subitamente me estremeceu a consciência de uma supremacia tal sobre os meus semelhantes, que, apertando fraternalmente o braço do Enrique, eu disse:

— Vamos bem devagar — e, imprudentemente, abandonei o passo comedido, fazendo ressoar o salto das minhas botinas.

No perímetro do edifício, os passos repercutiram multiplicados.

A certeza de uma impunidade absoluta contagiou meus camaradas de otimista firmeza, e rimos com tão estridentes gargalhadas que, da rua escura, um cachorro errante latiu para nós três vezes.

Jubilosos por abafar o perigo a bofetadas de coragem, gostaríamos de secundá-lo com a claridade de uma fanfarra e a estrepitosa alegria de um pandeiro, despertar os homens, para demonstrar que regozijo engrandece nossa alma quando infringimos a lei e entramos sorrindo no pecado.

Lúcio, que marchava nos encabeçando, virou-se:

— Faço uma moção pra assaltar o Banco de la Nación dentro de alguns dias.

— Você, Sílvio, abre os caixas com o seu sistema de arco voltaico.

— Bonnot, lá do inferno, deve estar aplaudindo a gente — disse Enrique.

— Viva os gatunos Lacombe e Valet! — exclamei.

— Eureca! — gritou Lúcio.

— O que é que você tem?

O mancebo respondeu:

— Pronto... eu não te dizia, Lúcio? Eles têm que levantar uma estátua pra você!... Pronto, sabem o que é?

Nós nos agrupamos em volta dele.

— Prestaram atenção? Você prestou atenção, Enrique, na joalheria que fica ao lado do Cine Electra?... Sério, meu chapa; não ria. A latrina do cinema não tem teto... eu me lembro muito bem disso; dali a gente poderia subir no telhado da joalheria. A gente compra umas entradas de noite e, antes da sessão terminar, a gente se escafede. Pela fechadura, injeta-se clorofórmio com um interruptor de borracha.

— Certo. Sabe, Lúcio, que será um golpe magnífico?... E quem vai suspeitar de uns rapazes? É preciso estudar o projeto.

Acendi um cigarro e, ao resplendor do fósforo, descobri uma escada de mármore.

Lançamo-nos escada acima.

Chegando ao passadiço, Lúcio, com sua lanterna elétrica, iluminou o lugar, um paralelogramo restringido, prolongado para um lado por um escuro corredor. Pregada no batente de madeira da porta havia uma placa esmaltada cujos caracteres rezavam: "Biblioteca".

Nós nos aproximamos para examiná-la. Era antiga e suas altas folhas, pintadas de verde, deixavam o interstício de uma polegada entre o rodapé e o pavimento.

Por meio de uma alavanca podia-se fazer a fechadura pular.

— Primeiro vamos para o terraço — disse Enrique. — As cornijas estão cheias de lâmpadas elétricas.

No corredor, encontramos uma porta que conduzia ao terraço do segundo andar. Saímos. A água estalava nos mosaicos do pátio e, junto a um alto muro alcatroado, o vívido resplendor de um relâmpago deixou à mostra uma guarita de madeira, cuja porta de tábuas permanecia entreaberta.

De vez em quando a súbita claridade de um raio deixava à mostra um longínquo céu violeta desnivelado por campanários e telhados. O alto muro alcatroado recortava, sinistramente, com sua catadura carcerária, cortinas de horizonte.

Penetramos na guarita. Lúcio acendeu outra vez sua lanterna.

Nos cantos do quartinho estavam amontoados sacos de serragem, panos de chão, escovas e vassouras novas. O centro era ocupado por uma volumosa cesta de vime.

— O que será que tem aí dentro? — Lúcio levantou a tampa.

— Lâmpadas.

— Deixa eu ver?

Cobiçosos, nos inclinamos na direção da roda luminosa que a lanterna projetava. Por entre a serragem, brilhavam cristalinas esfericidades de lâmpadas de filamento.

— Será que não estão queimadas?

— Não, teriam jogado fora. — Mas, para nos convencermos, diligente, examinei os filamentos em sua geometria. Estavam intactos.

Avidamente, roubávamos em silêncio; cheios os bolsos, e não nos parecendo suficiente, pegamos uma sacola de pano que também enchemos de lâmpadas. Lúcio, para evitar que chacoalhassem, cobriu os interstícios com serragem.

No ventre do Irzubeta a calça marcava uma enorme protuberância. Tantas lâmpadas tinha escondido ali.

— Olha só o Enrique, está prenhe.

A gracinha nos fez sorrir.

Prudentemente, nós nos retiramos. Como longínquos sininhos soavam as lâmpadas.

Ao pararmos diante da biblioteca, Enrique convidou:

— Melhor a gente entrar pra procurar livros.

— E com o que vamos abrir a porta?

— Eu vi uma barra de ferro no quartinho.

— Sabe o que vamos fazer? As lâmpadas, a gente empacota, e como a casa do Lúcio é a que está mais perto, ele pode levar elas.

O malandro balbuciou:

— Merda! Sozinho eu não saio... não quero ir dormir no xadrez.

A pecadora manha do malandro! O botão do seu colarinho tinha soltado, e a sua gravata verde pendia sobre a camisa de peitilho afrouxado. Acrescente a isso um boné com a viseira sobre a nuca, a cara suja e pálida, os punhos da camisa soltos em volta das luvas, e tereis a descarada estampa desse festivo masturbador enxertado num inato arrombador de apartamentos.

Enrique, que terminava de alinhar suas lâmpadas, foi procurar a barra de ferro.

Lúcio resmungou:

— Que safado que o Enrique é, você não acha? Me largar sozinho como isca.

— Não amola. Daqui até a sua casa são só três quadras. Você bem que podia ir e vir em cinco minutos.

— Não gosto disso.

— Já sei que não gosta... não é nenhuma novidade que você é pura onda.

— E se um "cana" me encontrar?

— Você chispa dali; tem pernas pra quê?

Sacudindo-se como uma lontra, entrou Enrique:

— E agora?

— Me dá aqui, você já vai ver.

Enrolei a extremidade da alavanca num lenço, introduzindo-a na fresta, mas reparei que em vez de pressionar em direção ao chão devia fazê-lo na direção contrária.

A porta rangeu, e eu me detive.

— Aperta um pouco mais — abriu o bico Enrique.

Aumentou a pressão e renovou-se o alarmante chiado.

— Deixa comigo.

O empurrão do Enrique foi tão enérgico que o primitivo rangido explodiu num seco estampido.

Enrique se deteve e permanecemos imóveis... aparvalhados.

— Que ótimo! — protestou Lúcio.

Podíamos escutar as nossas respirações ofegantes. Lúcio, involuntariamente, apagou a lanterna e isso, junto com o primeiro espanto, reteve-nos na posição de espreita, sem o atrevimento de um gesto, com as mãos trêmulas e esticadas.

Os olhos perfuravam essa escuridão; pareciam escutar, apanhar os sons, insignificantes e derradeiros. Aguda hiperestesia parecia dilatar nossos ouvidos e permanecíamos feito estátuas, os lábios entreabertos na expectativa.

— O que vamos fazer? — murmurou Lúcio.

O medo se quebrantou.

Não sei que inspiração me impulsionou a dizer para o Lúcio:

— Pega o revólver e vai vigiar a entrada da escada, mas lá embaixo. A gente vai trabalhar.

— E as lâmpadas, quem vai embrulhar?

— Agora as lâmpadas te interessam?... Anda, não se preocupe.

E o gentil perdulário desapareceu depois de jogar no ar o revólver e apanhá-lo em seu voo com um cinematográfico gesto de gatuno.

Enrique abriu cautelosamente a porta da biblioteca.

A atmosfera se povoou de um cheiro de papel velho, e à luz da lanterna vimos fugir uma aranha pelo chão encerado.

Altas estantes envernizadas de vermelho tocavam o forro do teto, e a cônica roda de luz se movia nas escuras estantes, iluminando prateleiras carregadas de livros.

Majestosas vitrines acrescentavam um decoro severo ao sombrio, e atrás dos vidros, nas lombadas de couro, de tecido e de capa dura, reluziam as guardas arabescas e os títulos dourados.

Irzubeta se aproximou dos vidros.

De soslaio, a claridade refletida o iluminava, e como um baixo-relevo era seu perfil de faces chupadas, com a pupila imóvel e o cabelo negro rodeando harmoniosamente o crânio até se perder em declive nos tendões da nuca.

Ao voltar seus olhos para mim ele disse, sorrindo:

— Sabe que tem bons livros?

— É, e de venda fácil.

— Quanto tempo será que faz que a gente está aqui?

— Meia hora, mais ou menos.

Eu me sentei no canto de uma escrivaninha, distante poucos passos da porta, no centro da biblioteca, e Enrique me imitou. Estávamos cansados. O silêncio do salão escuro penetrava nossos espíritos, expandindo-os para os grandes espaços de lembrança e inquietude.

— Me conta, por que você terminou com a Eleonora?

— Sei lá. Você lembra? Ela me dava flores.

— E então?

— Depois me escreveu umas cartas. Coisa estranha. Quando duas pessoas se gostam, parecem adivinhar o pensamento do outro. Uma tarde de domingo, ela saiu pra dar uma volta no quarteirão. Não sei por que eu fiz o mesmo, mas em direção contrária e, quando nos encontramos, ela, sem me olhar, estendeu o braço e me deu uma carta. Estava com um vestido rosa-chá, e eu me lembro que muitos pássaros cantavam no gramado.

— O que é que ela te dizia?

— Coisas tão simples. Que esperasse... percebe? Que esperasse ficar mais velho.

— Discreta.

— E que seriedade, Enrique, meu chapa! Se você soubesse. Eu estava ali, contra o ferro da grade. Anoitecia. Ela se calava... de vez em quando ela me olhava de um jeito... e eu sentia vontade de chorar... e não dizíamos nada... o que é que íamos dizer?

— Assim é a vida — disse Enrique —, mas vamos ver os livros. E esse Lúcio? Às vezes ele me dá raiva. Que sujeito folgado!

— Onde será que estão as chaves?

— Na gaveta da mesa, com certeza.

Revistamos a escrivaninha e as encontramos numa caixa de canetas.

Uma fechadura rangeu e começamos a investigar.

Tirando os volumes, nós os folheávamos, e Enrique, que era algo sabedor de preços, dizia:

— "Não vale nada" ou "vale".

— *As montanhas do ouro*.

— É um livro esgotado. Te dão dez pesos, em qualquer lugar.

— *Evolução da matéria*, de Lebón. Tem fotografias.

— Reservo pra mim — disse o Enrique.

— Rouquete. *Química orgânica e inorgânica*.

— Põe ele aqui com os outros.

— *Cálculo infinitesimal*.

— Isso é matemática superior. Deve ser caro.

— E este?

— Como se chama?

— *Charles Baudelaire. Sua vida*.

— Deixa ver. Me dá aqui.

— Parece uma biografia. Não vale nada.

Abria o volume ao acaso.

— São versos.

— O que dizem?

Li em voz alta:

Eu te adoro do mesmo modo que a abóbada noturna
Oh! copo de tristeza, oh! branca taciturna,

"Eleonora", pensei. "Eleonora."

e vamos aos assaltos, vamos,
como diante de um cadáver, um coro de ciganos.

— Ei, sabe que isso é lindo? Vou levar pra casa.
— Bom, olha, enquanto eu empacoto os livros, você arruma as lâmpadas.
— E a luz?
— Traz ela aqui.
Segui a instrução do Enrique. Carregávamos silenciosos, e as nossas sombras agigantadas se moviam no forro do teto e sobre o piso do cômodo, desmesuradas pela penumbra que ensombrecia os cantos. Familiarizado com a situação de perigo, nenhuma inquietude entorpecia minha destreza.

Enrique, na escrivaninha, acomodava os volumes e dava uma olhada nas páginas. Eu, com jeito, tinha terminado de embrulhar as lâmpadas quando, no corredor, reconhecemos os passos do Lúcio.

Ele se apresentou com o semblante desfigurado, grossas gotas de suor gotejavam na sua testa.

— Vem vindo aí um homem... Entrou agorinha... apaguem.
Enrique olhou-o atônito e, maquinalmente, apagou a lanterna; eu, espantado, apanhei a barra de ferro que não lembro quem tinha abandonado perto da escrivaninha. Na escuridão, um cilício de neve me cingia a testa.

O desconhecido subia a escada e seus passos eram incertos.

Repentinamente, o espanto chegou a seu ápice e me transfigurou.

Deixava de ser o menino aventureiro; os meus nervos se enrijeceram, meu corpo era uma estátua carrancuda transbordando instintos criminais, uma estátua erguida sobre os membros tensos, acachapados na compreensão do perigo.

— Quem será? — suspirou Enrique.
Lúcio respondeu com o cotovelo.
Agora o escutávamos mais próximo, e seus passos retumbavam nos meus ouvidos, comunicando a angústia do tímpano atentíssimo ao tremor da veia.

De pé, com ambas as mãos eu sustentava a alavanca em cima da cabeça, pronto para tudo, disposto a descarregar o golpe... e enquanto escutava, meus sentidos discerniam com prontidão maravilhosa o cariz dos sons, perseguindo-os em sua origem, definindo por sua estrutura o estado psicológico daquele que os provocava.

Com vertigem inconsciente, eu analisava: "Está se aproximando... não está pensando... se pensasse não pisaria assim... arrasta os pés... se suspeitasse não tocaria o chão com o salto... acompanharia o corpo na atitude... seguindo o impulso das orelhas que procuram o ruído e dos olhos que procuram o corpo, andaria na ponta dos pés... e ele sabe... está tranquilo".

De repente, uma voz rouca cantou ali, embaixo, com a melancolia dos bêbados:

Maldito dia aquele que te conheci
Ai, macarena, ai, macarena.

A sonolenta canção se quebrou bruscamente.

"Suspeitou... não... mas sim... não... vamos ver", e achei que o meu coração se rachava, de tanta força com que jogava o sangue nas veias.

Ao chegar ao corredor, o desconhecido resmungou novamente:

Ai, macarena, ai, macarena.

— Enrique — sussurrei. — Enrique.
Ninguém respondeu.
Com uma azeda fedentina de vinho, o vento trouxe o ruído de um arroto.
— É um bêbado — Enrique soprou na minha orelha. — Se ele vier, a gente o amordaça.

O intruso se afastava arrastando os pés, e desapareceu no final do corredor. Parou numa curva, e o escutamos forcejar a maçaneta de uma porta que fechou estrepitosamente atrás dele.

— A gente se livrou de uma boa!
— E você, Lúcio... Por que está tão calado?
— De alegria, meu irmão, de alegria.
— E como você viu ele?
— Estava sentado na escada; quero te ver aqui. Zás, de repente percebo um barulho, enfio a cabeça e vejo a porta de ferro que se abre. Te *"voglio dire"*. Que emoção!
— E se o sujeito partir pra cima da gente?

— Eu "apago" ele — disse Enrique.
— E agora, o que a gente vai fazer?
— O que a gente vai fazer? Ir embora, que já está na hora.

Descemos na ponta dos pés, sorrindo. Lúcio levava o pacote das lâmpadas. Enrique e eu, dois pesados pacotes de livros. Não sei por que, na escuridão da escada, pensei no resplendor do sol, e ri devagar.

— Do que você está rindo? — Enrique perguntou, mal-humorado.
— Não sei.
— Será que a gente não vai encontrar nenhum "cana"?
— Não, daqui até em casa não tem nenhum.
— Você já disse isso antes.
— Além do mais, com esta chuva!
— Caramba!
— Ei, Enrique, o que é que foi?
— Esqueci de fechar a porta da biblioteca. Me dá a lanterna.

Entreguei-a e, a passos largos, Irzubeta desapareceu.

Aguardando-o, nós nos sentamos no mármore de um degrau.

Eu tremia de frio na escuridão. A água se esborrachava raivosamente contra as lajotas do pátio. Involuntariamente, as minhas pálpebras se fecharam, e por meu espírito resvalou, num anoitecer longínquo, o semblante de imploração da amada menina, imóvel, junto ao álamo negro. E a voz interior, recalcitrante, insistia: "Eu te amei, Eleonora! Ah, se você soubesse o quanto!".

Quando Enrique chegou, trazia uns volumes debaixo do braço.
— E isso?
— É a *Geografia*, de Malte Brun. Vou guardar pra mim.
— Fechou bem a porta?
— Fechei, o melhor que pude.
— Será que ficou direito?
— Não se percebe nada.
— Ei, e o tal bebum? Será que fechou a porta da rua com chave?

A lembrança do Enrique foi acertada. O portão estava entreaberto e saímos.

Uma torrente d'água, borbulhando, corria entre duas calçadas, e minguada sua fúria, a chuva descia fina, compacta, obstinada.

Apesar da carga, prudência e temor aceleravam a soltura das nossas pernas.
— Lindo golpe.
— É mesmo, lindo.
— O que você acha, Lúcio, da gente deixar isto na sua casa?
— E se a "cana" for revistar?

— Não diga estupidez; amanhã mesmo a gente passa tudo nos cobres.
— Quantas lâmpadas será que a gente deve ter trazido?
— Trinta.
— Lindo golpe. — repetiu Lúcio. — E de livros?
— Eu calculei mais ou menos setenta pesos — disse Enrique.
— Que horas são, Lúcio?
— Deve ser três.
— Que tarde!

Não, não era tarde, mas a fadiga, a angústia, a escuridão e o silêncio, as árvores gotejando nas nossas costas geladas, tudo isso fazia com que a noite nos parecesse eterna, e Enrique disse com melancolia:

— É, é bem tarde.

Estremecidos de frio e cansaço, entramos na casa do Lúcio.

— Ei, devagar, não acordem as velhas.
— E onde a gente vai guardar isto?
— Esperem.

Lentamente, girou a porta em suas dobradiças. Lúcio adentrou no quarto e fez girar a chave do interruptor.

— Entrem, meus chapas, apresento a vocês o meu cafofo.

O guarda-roupa num canto, uma mesinha de madeira branca, e uma cama. Sobre a cabeceira do leito estendia seus retorcidos braços piedosos um Cristo Negro e, num quadro, em atitude dolorosíssima, olhava o teto um cromo de Lida Borelli.[6]

Extenuados, nós nos deixamos cair na cama.

Nos semblantes relaxados de sono, a fadiga acrescentava a escuridão das olheiras. Nossas pupilas imóveis permaneciam fixas nas paredes brancas, ora próximas, ora distantes, como na óptica fantástica de uma febre.

Lúcio escondeu os pacotes no guarda-roupa e, pensativo, sentou-se na beira da mesa, segurando um joelho entre as duas mãos.

— E a *Geografia*?

O silêncio tornou a pesar sobre os espíritos molhados, sobre nossos semblantes lívidos, sobre as entreabertas mãos arroxeadas.

Levantei-me sombrio, sem afastar o olhar da parede branca.

— Me dá o revólver, vou indo.

---

[6] Lyda Borelli (1881-1959). Atriz italiana, uma das divas do cinema mudo. Arlt se equivoca e ora escreve "Lida", como aqui e ora "Lidia", como na *Água-forte portenha* "Moinhos de vento em Flores" (N.T.)

— Eu te acompanho — disse Irzubeta, soerguendo-se no leito, e na escuridão nos perdemos pelas ruas sem pronunciar palavra, com rosto austero e costas encurvadas.

***

Eu estava acabando de me despir quando três batidas frenéticas repercutiram na porta da rua, três batidas urgentíssimas que me deixaram de cabelo em pé.

Vertiginosamente, pensei: "A polícia me seguiu... a polícia... a polícia...", ofegava minha alma.

A batida uivadora se repetiu outras três vezes, com mais ansiedade, com mais furor, com mais urgência.

Peguei o revólver e, nu, saí na porta.

Mal terminei de abrir a folha e Enrique despencou em meus braços. Alguns livros rolaram pelo assoalho.

— Fecha, fecha, que estão me perseguindo; fecha, Sílvio — falou Irzubeta, com voz rouca.

Arrastei-o sob o teto da galeria.

— O que é que está acontecendo, Sílvio, o que é que está acontecendo? — minha mãe gritou, assustada, lá do seu quarto.

— Nada, fica quieta... um vigilante que botou o Enrique pra correr, por causa de uma briga.

No silêncio da noite, que o medo tornava cúmplice da justiça inquisidora, ressoou o silvo do apito de um meganha, e um cavalo a galope cruzou a esquina. Outra vez, o terrível som, multiplicado, se repetiu em diferentes pontos próximos.

Como serpentinas, cruzavam à altura os clamantes chamados dos vigias.

Um vizinho abriu a porta da rua, escutaram-se as vozes de um diálogo e Enrique e eu, na escuridão da galeria, trêmulos, apertávamo-nos um contra o outro. Por todos os lados os inquietantes apitos se prolongavam ameaçadores, numerosos, enquanto da corrida sinistra para caçar o delinquente nos chegava o barulho de ferraduras de cavalos, de galopes frenéticos, as bruscas paradas no escorregadio paralelepípedo, o recuo dos meganhas. E eu tinha o perseguido entre os meus braços, seu corpo trêmulo de espanto contra mim, e uma misericórdia infinita me inclinava em direção ao adolescente alquebrado.

Arrastei-o até o meu muquifo. Ele batia os dentes. Tiritando de medo, deixou-se cair numa cadeira e suas inquietas pupilas engrandecidas de espanto fixaram-se na rosada cúpula do abajur.

Outra vez um cavalo atravessou a rua, mas com tanta lentidão que eu achava que ia parar na frente da minha casa. Depois o vigilante esporeou sua cavalgadura e os chamados dos apitos, que se faziam menos frequentes, cessaram por completo.

— Água, me dá água!

Passei-lhe um garrafão e ele bebeu avidamente. Em sua garganta, a água cantava. Um amplo suspiro contraiu o seu peito.

Depois, sem afastar a imóvel pupila da cúpula rosada, ele sorriu com um sorriso estranho e incerto de quem desperta de um medo alucinante.

Ele disse:

— Obrigado, Sílvio — ainda sorria, a alma ilimitadamente ampla no inesperado prodígio de sua salvação.

— Mas me diz, como foi isso?

— Olha. Eu ia pela rua. Não tinha ninguém. Ao virar na esquina da Sul América, percebo que, sob um poste, um vigilante estava me olhando. Instintivamente, parei, e ele gritou:

— "O que é que você tem aí?".

— Nem te conto, saí feito um diabo. Ele corria atrás de mim, mas como estava com o capote, não podia me alcançar... eu estava deixando ele pra trás... quando lá longe sinto outro, vindo a cavalo... e o apito, o que estava me perseguindo tocou o apito. Então fiz força e cheguei até aqui.

— Viu só? Tudo por não deixar os livros na casa do Lúcio!... Olha só se te pegam! Botam todos nós no "xadrez". E os livros? Não perdeu os livros pela rua?

— Não, caíram aí no corredor.

Ao ir buscá-los, tive que explicar para a minha mãe:

— Não é nada de mais. Acontece que o Enrique estava jogando bilhar com outro rapaz e sem querer rasgou o pano da mesa. O dono quis lhe cobrar e, como ele não tinha dinheiro, armou-se um fuzuê.

***

Estamos na casa do Enrique.

Um raio vermelho penetra pela janelinha da biboca dos títeres.

Enrique reflete no seu canto, e uma dilatada ruga fende sua testa, da raiz dos cabelos ao cenho. Lúcio fuma recostado num monte de roupa suja e a fumaça do cigarro envolve seu pálido rosto numa neblina. Por cima da latrina chega, de uma casa vizinha, a melodia de uma valsa lentamente debulhada no piano.

Estou sentado no chão. Um soldadinho sem pernas, vermelho e verde, me olha da sua casa de papelão escalavrada. As irmãs do Enrique brigam lá fora com vozes desagradáveis.

— E então?...

Enrique levanta a nobre cabeça e olha para Lúcio.

— E então?

Eu olho para Enrique.

— E você, Sílvio, o que você acha? — continua Lúcio.

— Não há nada a fazer; deixa de bobagem, senão a gente vai cair.

— Anteontem à noite, por duas vezes, foi por pouco.

— É, a coisa não pode ser mais clara. — E o Lúcio, pela décima vez, relê, complacente, o recorte de um jornal.

"Hoje, às três da madrugada, o agente Manuel Carlés, de campana nas ruas Avellaneda e Sud América, surpreendeu um sujeito em atitude suspeita, levando um pacote debaixo do braço. Ao intimá-lo a parar, o desconhecido começou a correr, desaparecendo num dos terrenos baldios que existe nas imediações. A delegacia da 38ª seção lavrou a ocorrência."

— Então o clube vai se dissolver? — disse Enrique.

— Não. Paralisa suas atividades por tempo indeterminado — replica Lúcio. — Não é bom negócio trabalhar agora que a polícia está farejando alguma coisa.

— Certo; seria uma estupidez.

— E os livros?

— São quantos tomos?

— Vinte e sete.

— Nove pra cada um... mas a gente não pode esquecer de apagar com cuidado os carimbos do Conselho Escolar...

— E as lâmpadas?

Com presteza, Lúcio replica:

— Ei, olha, eu, das lâmpadas, não quero saber nadica de nada. Antes de sair pra passá-las nos cobres, as jogo na latrina.

— É verdade, é um pouco perigoso agora.

Irzubeta se cala.

— Ei, Enrique, você está triste?

Um sorriso estranho lhe entorta a boca; encolhe os ombros e com veemência, erguendo o busto, diz:

— Vocês desistem, claro, a jogada não é pra qualquer um, mas eu, nem que me deixem sozinho, vou continuar.

Na parede da biboca dos títeres, o raio vermelho ilumina o definhado perfil do adolescente.

2. OS TRABALHOS E OS DIAS[1]

Como o dono da casa aumentara o nosso aluguel, trocamos de bairro, mudando para um sinistro casarão da rua Cuenca, nos fundos de Floresta.

Deixei de ver Lúcio e Enrique, e uma azeda escuridão de miséria se assenhoreou dos meus dias.

Quando fiz quinze anos, num final de tarde, minha mãe me disse:

— Sílvio, você precisa trabalhar.

Eu, que lia um livro perto da mesa, levantei os olhos fitando-a com rancor. Pensei: "Trabalhar, sempre trabalhar". Mas não respondi.

Ela estava de pé na frente da janela. Uma azulada claridade crepuscular incidia em seus cabelos embranquecidos, na testa amarela, riscada de rugas, e ela me olhava obliquamente, entre desgostosa e compadecida, e eu evitava encontrar seus olhos.

Ela insistiu, compreendendo a agressividade do meu silêncio.

— Você tem que trabalhar, entende? Você não quis estudar. Eu não posso te sustentar. Você precisa trabalhar.

Ao falar, ela mal mexia os lábios, finos como duas tabuinhas. Escondia as mãos nas dobras do xale preto que moldava seu pequeno busto de ombros caídos.

— Você tem que trabalhar, Sílvio.

— Trabalhar, trabalhar no quê? Pelo amor de Deus... O que quer que eu faça?... Que fabrique o emprego...? A senhora sabe muito bem que eu procurei trabalho.

Falava estremecido de coragem; rancor às suas palavras obstinadas, ódio à indiferença do mundo, à miséria acossadora de todos os dias e, ao mesmo tempo, uma dor inominável: a certeza da própria inutilidade.

Mas ela insistia como se estas fossem suas únicas palavras.

— Você tem que trabalhar...

— No quê?... Deixa ver... no quê?

Maquinalmente, ela se aproximou da janela e, com um movimento nervoso, ajeitou as pregas da cortina. Como se lhe custasse dizer:

— No *La Prensa* sempre pedem...

— É, pedem faxineiros, peões... quer que eu seja faxineiro?

— Não, mas você tem que trabalhar. O pouco que restou dá apenas para a Lila terminar de estudar. Mais nada. O que você quer que eu faça?

[1] Referência ao poema épico *Os trabalhos e os dias*, de Hesíodo. (N.T.)

Sob a barra da saia mostrou uma botina escalavrada e disse:

— Olha só que botinas. A Lila, pra não gastar em livros, tem que ir todos os dias à biblioteca. O que você quer que eu faça, meu filho?

Agora a sua voz era de atribulação. Um sulco escuro fendia sua testa, do cenho até a raiz dos cabelos, e os lábios quase tremiam.

— Está bem, mãe, eu vou trabalhar.

Quanta desolação. A claridade azul martelava na alma a monotonia de toda nossa vida, cismava hedionda, taciturna.

Lá de fora, ouvia-se o canto triste de uma roda de meninos:

A torre em guarda.
A torre em guarda.
Quero conquistá-la.

Ela suspirou em voz baixa:

— O que eu mais queria é que você pudesse estudar.

— Isso não adianta nada.

— No dia que a Lila se formar...

A voz era mansa, com fastio de dor.

Tinha se sentado junto à máquina de costura e, de perfil, sob a fina linha da sobrancelha, o olho era uma cova sombria com uma faísca branca e triste. Suas pobres costas encurvadas e a claridade azul na lisura dos cabelos assemelhavam-se a certa claridade de iceberg.

— Quando eu penso... — murmurou.

— Mãe, você está triste?

— Não — respondeu.

De repente:

— Quer que eu fale com o senhor Naidath? Você pode aprender a ser decorador. Não gosta do ofício?

— Tanto faz.

— No entanto, ganham muito dinheiro...

Eu me senti impulsionado a me levantar, a pegá-la pelos ombros e chacoalhá-la, gritando no seu ouvido:

— Não fala de dinheiro, mãe, por favor...! Não fala... cala a boca...!

Estávamos ali, imóveis de angústia. Lá fora, a roda de crianças ainda cantava, com triste melodia:

A torre em guarda.
A torre em guarda.

Quero conquistá-la.

Pensei: "E assim é a vida, e quando eu for grande e tiver um filho, eu lhe direi 'você tem que trabalhar. Eu não posso te sustentar'. Assim é a vida. Um acesso de frio me sacudia na cadeira".

Agora, olhando-a, observando seu corpo tão franzino, meu coração se encheu de pena.

Eu acreditava vê-la fora do tempo e do espaço, numa paisagem ressecada, a planície parda e o céu metálico de tão azul. Eu era tão pequeno que nem caminhar podia, e ela, flagelada pelas sombras, angustiadíssima, caminhava à margem dos caminhos, me levando em seus braços, aquecendo-me os joelhos com o peito, estreitando todo o meu corpinho contra o seu corpo franzino, e pedia esmolas para mim, e enquanto me dava o peito, um calor de soluço lhe secava a boca, e de sua boca faminta tirava o pão para a minha boca, e de suas noites o sonho para atender às minhas queixas, e com os olhos resplandecentes, com o seu corpo vestido com míseras roupas, tão pequena e tão triste, abria-se como um véu para acolher o meu sonho.

Coitada da minha mãe! E eu gostaria de abraçá-la, fazê-la inclinar a embranquecida cabeça em meu peito, pedir-lhe perdão por minhas palavras duras, e, de repente, no prolongado silêncio que guardávamos, disse-lhe com voz vibrante:

— Está certo, eu vou trabalhar, mãe.

Baixinho:

— Está bem, filho, está bem... — e outra vez a dor funda selou nossos lábios.

Lá fora, sobre a rosada crista de um muro, resplandecia no céu um fúlgido tetragrama de prata.

* * *

Dom Gaetano tinha sua livraria, ou melhor, sua casa de compra e venda de livros usados, na rua Lavalle, na altura do 800, um salão imenso, entupido de volumes até o teto.

O local era mais comprido e tenebroso que o antro de Trofônio.

Para onde se olhava havia livros: livros em mesas formadas por tábuas em cima de cavaletes, livros nos balcões, nos cantos, sob as mesas e no porão.

Uma ampla fachada mostrava aos transeuntes o conteúdo da caverna, e nos muros da rua pendiam volumes de histórias para imaginações vulgares, o romance de *Genoveva de Barbante* e *As aventuras de Musolino*. Em frente, como num enxame, as pessoas fervilhavam pelo átrio de um cinematógrafo, com sua sineta repicando incessantemente.

No balcão, perto da porta, atendia a esposa de dom Gaetano, uma mulher gorda e branca, de cabelo castanho e olhos admiráveis por sua expressão de crueldade verde.

— Dom Gaetano não está? — perguntei.

A mulher me indicou um grandalhão que, em mangas de camisa, olhava lá da porta o ir e vir das pessoas. Usava uma gravata preta no pescoço nu, e o cabelo encaracolado sobre a testa tumultuosa deixava ver, por entre seus cachos, a ponta das orelhas. Era um belo tipo, com seu vigor e pele morena, mas, sob as sobrancelhas hirsutas, os olhos grandes e de águas convulsas causavam desconfiança.

O homem pegou a carta na qual me recomendavam, leu-a; depois, entregando-a para sua esposa, ficou me examinando.

Uma grande ruga fendia sua testa, e pela sua atitude cautelosa e prazenteira adivinhava-se o homem desconfiado por natureza e trapaceiro, ao mesmo tempo meloso, de açucarada bondade fingida e de falsa indulgência em suas estrondosas gargalhadas.

— Então antes você trabalhou numa livraria?
— Trabalhei, patrão.
— E trabalhava muito, o outro?
— Bastante.
— Mas não tem tanto livro como aqui, hein?
— Ah, claro, nem a décima parte.

Depois, para sua esposa:

— E o Mosiú, não vem mais trabalhar?

A mulher, com tom áspero, disse:

— Esses piolhentos são todos assim. Quando matam a fome e aprendem a trabalhar, vão embora.

Em seguida apoiou o queixo na palma da mão, mostrando por entre a manga da blusa verde um pedaço de braço nu. Seus olhos cruéis se imobilizaram na rua movimentadíssima. Incessantemente, repicava a sineta do cinematógrafo e um raio de sol, adentrado por entre os altos muros, iluminava a fachada do edifício da Dardo Rocha.

— Quanto você quer ganhar?
— Eu não sei... O senhor que sabe.

— Bom, olha... Vou te dar um peso e meio e casa e comida; você vai viver melhor que um príncipe, isso sim — e o homem inclinava sua cabeça grenhuda —, aqui não tem horário... a hora de mais trabalho é das oito da noite às onze...

— O quê? Até às onze da noite?

— E o que mais um rapaz como você quer do que estar até às onze da noite olhando passar lindas moças? Mas, de manhã, a gente se levanta às dez.

Lembrando o conceito que dom Gaetano merecia daquele que me recomendara, eu disse:

— Está bem, mas como eu preciso do dinheiro, vocês vão me pagar todas as semanas.

— O quê, está desconfiando?

— Não, senhora, mas como na minha casa precisam e somos pobres... a senhora há de compreender...

A mulher voltou seu olhar ultrajante para a rua.

— Bom — prosseguiu dom Gaetano —, venha amanhã, às dez, ao apartamento; moramos na rua Esmeralda — e anotando o endereço num pedaço de papel, me entregou.

A mulher não respondeu ao meu cumprimento. Imóvel, a bochecha pousando na palma da mão e o braço no apoiado na lombada dos livros, os olhos fixos na frente da casa da Dardo Rocha, parecia o gênio tenebroso da caverna dos livros.

***

Às nove da manhã, parei na casa onde morava o livreiro. Depois de chamar, me protegendo da chuva, eu me abriguei no saguão.

Um velho barbudo, o pescoço enrolado num cachecol verde e o gorro afundado até as orelhas, saiu para me receber.

— O que deseja?

— Eu sou o novo empregado.

— Suba.

Eu me lancei pela escada de degraus sujos.

Quando chegamos ao corredor, o homem me disse:

— Espera aqui.

Atrás dos vidros da janela que dava para a rua, diante dos terraços, via-se o achocolatado cartaz de ferro de uma loja. A garoa resvalava lentamente pela convexidade envernizada. Lá longe, uma chaminé entre dois tanques lançava grandes cortinas de fumaça no espaço pespontado por agulhas de água.

Repetiam-se as nervosas batidas de sinos dos bondes e, entre o trole e os cabos, vibravam faíscas violeta; o cacarejar de um galo afônico vinha não sei de onde.

Uma súbita tristeza me surpreendeu ao me defrontar com o abandono daquela casa.

Os vidros das portas estavam sem cortinas, os postigos, fechados.

Num canto do hall, no chão, coberto de pó, havia um pedaço de pão duro esquecido, e na atmosfera flutuava um cheiro de cola azeda: certa fedentina de sujeira há muito tempo úmida.

— Miguel — gritou a mulher, com voz desagradável, lá de dentro.

— Já vai, senhora.

— O café está pronto?

O velho levantou os braços para o ar e, fechando os punhos, dirigiu-se para a cozinha, atravessando um quintal molhado.

— Miguel.

— Senhora.

— Onde estão as camisas que a Eusébia trouxe?

— No baú pequeno, senhora.

— Dom Miguel — falou, ironicamente, o homem.

— Diga, dom Gaetano.

— Como vai, dom Miguel?

O velho moveu a cabeça para a direita e para a esquerda, levantando desconsoladamente os olhos para o céu.

Era magro, alto, de cara comprida, com barba de três dias nas flácidas faces e expressão queixosa de cachorro fugido nos olhos remelentos.

— Dom Miguel.

— Diga, dom Gaetano.

— Vá me comprar um Avanti.

O velho ia.

— Miguel.

— Senhora.

— Traga meio quilo de açúcar em torrão, e que te deem bem pesado.

Uma porta se abriu, e saiu dom Gaetano segurando a braguilha com as duas mãos e, suspenso no encrespado cabelo, sobre a testa, um pedaço de pente.

— Que horas são?

— Não sei.

Olhou para o quintal.

— Porcaria de tempo — murmurou, e depois começou a se pentear.

Tendo chegado dom Miguel com o açúcar e os charutos toscanos, dom Gaetano disse:

— Traga a cesta, depois você leva o café pra loja — e pondo na cabeça um ensebado chapéu de feltro, pegou a cesta que o velho lhe entregara e, entregando-a para mim, disse:

— Vamos ao mercado.

— Ao mercado?

Ele pegou a minha frase no ar.

— Um conselho, Sílvio, meu chapa. Eu não gosto de dizer as coisas duas vezes. Além do mais, comprando no mercado a gente sabe o que come.

Entristecido, saí atrás dele com a cesta, uma cesta impudicamente enorme que, batendo nos meus joelhos com seu chiado, tornava mais profunda, mais grotesca a dor de ser pobre.

— O mercado fica longe?

— Não, homem, aqui na Carlos Pellegrini. — E, observando-me macambúzio, disse: — Parece que você tem vergonha de levar uma cesta. No entanto, o homem honesto não tem vergonha de nada, desde que seja trabalho.

Um dândi em quem rocei com a sacola me lançou um olhar furioso; um corado porteiro, uniformizado desde cedo com magnífica libré e galões dourados, me observou irônico, e um molequinho que passou, como quem o faz inadvertidamente, deu um pontapé no fundo da cesta, e a canastra pintada de vermelho-rabanete, impudicamente grande, me enchia de ridículo.

Oh, ironia! E eu era aquele que havia sonhado em ser um bandido grande como Rocambole e um poeta genial como Baudelaire!

Eu pensava: "E pra viver é preciso sofrer tanto...? Tudo isso... ter que passar com uma cesta ao lado de esplêndidas vitrines".

Perdemos quase toda a manhã vagando pelo Mercado Prata.

Que figura que era dom Gaetano!

Para comprar um repolho ou um pedaço de abóbora ou um maço de alfaces, percorria as bancas disputando, em discussões mesquinhas, moedas de cinco centavos com os verdureiros, com quem trocava insultos num dialeto que eu não entendia.

Que homem! Tinha atitudes de camponês astuto, de lavrador que se faz de tonto e responde com uma gracinha quando compreende que não pode enganar.

Farejando pechinchas, ele se metia entre faxineiras e empregadas para fuçar coisas que não deviam lhe interessar, cumprimentava de um jeito arlequinesco e, aproximando-se dos balcões de estanho dos pescadores, examinava as guelras das pescadas e peixes-reis, comia lagostins e, sem comprar um marisco sequer, passava para a banca dos miúdos, dali para a dos vendedores de galinhas e, antes de negociar qualquer coisa, cheirava os víveres e os manuseava desconfiadamente. Se os comerciantes se irritavam, ele gritava que não queria ser enganado, que bem sabia que eles eram uns ladrões, mas que se enganavam se lhe tomavam por bobo só porque era tão simples.

A sua sensibilidade era pura palhaçada, sua estultícia, vivíssima malandrice. Ele procedia assim:

Selecionava, com paciência desesperadora, um repolho ou uma couve-flor. Estava de acordo, posto que pedia o preço, mas, de repente, descobria outro que lhe parecia mais maduro ou maior, e isso era o motivo da disputa entre o verdureiro e dom Gaetano, ambos empenhados em se roubar, em prejudicar o próximo, nem que fosse num único centavo.

A sua má-fé era estupenda. Jamais pagava o estipulado, e sim o que oferecera antes de fechar o trato. Uma vez que eu havia guardado os víveres na cesta, dom Gaetano se retirava do balcão, afundava os polegares no bolso do colete, tirava e contava, tornava a recontar o dinheiro e, com desprezo, o jogava em cima do balcão como se fizesse um serviço ao comerciante, afastando-se depressa depois.

Se o comerciante gritava com ele, respondia:

— Estate buono.

Ele tinha o prurido do movimento, era um guloso visual, entrava em êxtase diante da mercadoria pelo dinheiro que representava.

Aproximava-se dos vendedores de porcos para pedir o preço dos embutidos, examinava cheio de cobiça as rosadas cabeças de porco, fazia-as girar devagar sob o impassível olhar dos barrigudos comerciantes de avental branco, coçava atrás da orelha, olhava com voluptuosidade as costelas enganchadas nos ferros, as pilastras de toucinho em fatias e, como se resolvesse um problema que dava voltas nos seus miolos, dirigia-se a outra banca para beliscar uma bola de queijo, ou para contar quantos aspargos tem um maço, para sujar as mãos entre alcachofras e nabos, e para comer sementes de abóbora ou para observar, à contraluz, os ovos, e para se deleitar nos pilões de manteiga úmida, sólida, amarela e ainda cheirando a soro.

Aproximadamente às duas da tarde, almoçamos. Dom Miguel, apoiando o prato num latão de querosene, eu no canto de uma mesa ocupada por livros, a mulher gorda na cozinha e dom Gaetano no balcão.

***

Às onze da noite, abandonamos a caverna.

Dom Miguel e a mulher gorda caminhavam no centro da rua lustrosa, com a cesta onde chacoalhava a parafernália de fazer café; dom Gaetano, as mãos sepultadas nos bolsos, o chapéu no cocoruto e uma mecha de cabelo caída sobre os olhos, e eu, atrás deles, pensava quão longa tinha sido a minha primeira jornada.

Subimos e, ao chegar ao corredor, dom Gaetano me perguntou:

— Você trouxe colchão?

— Eu não. Por quê?

— Aqui tem uma caminha, mas sem colchão.

— E não tem nada com que se cobrir?

Dom Gaetano olhou em volta, depois abriu a porta da sala de jantar; em cima da mesa havia um forro verde, pesado e peludo.

Dona Maria já estava entrando no dormitório quando dom Gaetano pegou o forro por uma ponta e, jogando-o no meu ombro, mal-humorado, disse:

— Estate buono — e sem responder ao meu boa-noite, fechou a porta no meu nariz. Fiquei desconcertado diante do velho, que testemunhou sua indignação com esta surda blasfêmia: "Ah! Dio Fetente!"; em seguida, começou a andar e eu o segui.

O pardieiro onde morava o ancião famélico, a quem desde esse momento batizei com o nome de Dio Fetente, era um triângulo absurdo, inclinado junto ao teto, com uma janelica redonda que dava para a rua Esmeralda, e pela qual se via a lâmpada de arco voltaico que iluminava o passeio. O vidro da claraboia estava quebrado, e por ali passavam rajadas de vento que faziam dançar a língua amarela de uma vela presa num castiçal na parede.

Encostada na parede, havia uma cama de tesoura, dois paus em cruz com uma lona cravada nas traves.

Dio Fetente saiu para urinar no terraço, depois se sentou num caixote, tirou o gorro e as botinas, ajeitou minuciosamente o cachecol em volta do cangote e, preparado para enfrentar o frio da noite, prudentemente entrou no catre, cobrindo-se até a barba com as mantas, uns sacos de aniagem recheados de panos de limpeza imprestáveis.

A mortiça claridade da vela iluminava o perfil do seu rosto de comprido nariz avermelhado, achatada testa estriada de rugas e crânio limpo, com vestígios de fios cinza em cima das orelhas. Como o vento que entrava lhe incomodava, Dio Fetente esticou o braço, pegou o gorro e o afundou sobre as orelhas; depois tirou do bolso uma guimba de charuto toscano, acendeu-a, lançou longas baforadas de fumaça e, unindo as mãos sob a nuca, ficou me olhando, sombrio.

Eu comecei a examinar a minha cama. Muitos deviam ter padecido nela, de tão deteriorada que estava. Tendo a ponta das molas rasgado a malha, estas ficavam no ar como fantásticos anéis, e os grampos das alças tinham sido recolocados por ligaduras de arame.

No entanto, eu não ia passar a noite em êxtase e, depois de comprovar sua estabilidade, imitando Dio Fetente, tirei as botinas que, enroladas num jornal, me serviram de travesseiro, me enrolei no forro verde e, me deixando cair no fementido leito, resolvi dormir.

Indiscutivelmente, era uma cama de alguém paupérrimo, um refugo de gueto, a jazida mais pérfida que eu já conheci.

As molas afundavam as minhas costas; parecia que as suas pontas queriam perfurar a minha carne por entre as costelas, a malha de aço rígida numa zona afundava desconsideradamente num ponto, enquanto noutro, por maravilhas da elasticidade, elevava promontórios, e a cada movimento que eu fazia o leito gania, rangia com ruídos estupendos, do mesmo jeito que um jogo de engrenagens sem óleo. Além disso, eu não encontrava uma postura cômoda, o rígido pelo do forro coçava minha garganta, a ponta das botinas me intumescia a nuca, as espirais das molas dobradas me beliscavam a carne. Então:

— Ei, diga, Dio Fetente!

Como uma tartaruga, o ancião tirou sua pequena cabeça para fora, por entre a carapaça de aniagens.

— Diga, dom Sílvio.

— O que estão fazendo que não jogam este catre no lixo?

O venerável ancião, esbugalhando os olhos, me respondeu com um profundo suspiro, tomando assim Deus como testemunha de todas as iniquidades dos homens.

— Diga, Dio Fetente, não tem outra cama?... Aqui não se pode dormir...

— Esta casa é o inferno, dom Sílvio... o inferno. — E baixando a voz, temeroso de ser escutado: — Isto é... a mulher... a comida... Ah, Dio Fetente, que casa esta!

O velho apagou a luz e eu pensei: "Decididamente, vou de mal a pior".

Agora eu escutava o barulho da chuva cair sobre o zinco da água-furtada.

De repente, um soluço sufocado me perturbou. Era o velho que chorava, que chorava de dor e de fome. E essa foi a minha primeira jornada.

Algumas vezes, de noite, há rostos de donzelas que ferem com espada de doçura. Nós nos afastamos, e a alma fica entenebrecida e sozinha, como depois de uma festa.

Realizações excepcionais... foram-se e não sabemos mais delas e, no entanto, elas nos acompanharam uma noite, tendo o olhar fixo em nossos olhos imóveis... e nós, feridos com espadas de doçura, pensamos como seria o amor dessas mulheres com seus semblantes que se adentraram na carne. Angustiosa secura do espírito, peregrina voluptuosidade áspera e imperiosa.

Pensamos como inclinariam a cabeça até nós para deixar em direção ao céu seus lábios entreabertos, como se deixariam desmaiar de desejo sem que a beleza do semblante desmentisse um momento ideal; pensamos como suas próprias mãos despedaçariam os fios do espartilho...

Rostos... rostos de donzelas maduras para os desesperos do júbilo, rostos que subitamente acrescentam nas entranhas um desfalecimento ardente, rostos em que o desejo não desmente a idealidade de um momento. Como eles vêm ocupar as nossas noites!

Eu estive horas contínuas perseguindo com os olhos a forma de uma donzela que durante o dia me deixou nos ossos ansiedade de amor.

Devagar, eu considerava seus encantos envergonhados por ser tão adoráveis, sua boca feita tão somente para os grandes beijos; eu via o seu corpo submisso grudar na carne chamativa de seu desengano, e insistindo na delícia de seu abandono, na magnífica pequenez de suas partes destroçáveis, a vista ocupada pelo semblante, pelo corpo jovem para o tormento e para a maternidade, esticava um braço na direção da minha pobre carne; fustigando-a, deixava-a aproximar-se do deleite.

Naquele momento dom Gaetano voltava da rua e passou para a cozinha. Olhou-me, carrancudo, mas não disse nada, e eu me inclinei sobre o pote de cola ao mesmo tempo que arrumava um livro, pensando: "Vai haver tormenta".

Certamente, com breves intervalos, o casal brigava.

A mulher branca, imóvel, cotovelos apoiados no balcão, as mãos enroladas nas dobras do lencinho verde, seguia os passos do marido com olhos cruéis.

Dom Miguel, na pequena cozinha, lavava pratos numa grande bacia engordurada. As pontas do seu cachecol encostavam na beirada do tacho e um avental de um xadrez vermelho e azul amarrado na cintura com um barbante o defendia dos respingos d'água.

Sabendo o que viria, assim que eu passava por ali, sem retirar os peludos braços da grande pia, virava a cabeça e levantando suas pupilas para a luminária, revirava os olhos, como que dizendo:

— Que casa esta aqui, Dio Fetente!

Ei de advertir que a cozinha, lugar de nossas expansões, dava de frente para uma latrina fedorenta — era um canto da caverna — fechada com tapumes, nas costas das estantes.

Em cima de uma tábua suja, embatumados com sobras de verduras, havia pequenos pedaços de carne e batatas, com os quais dom Miguel confeccionava a magra boia do meio-dia. Aquilo que sobrava da nossa voracidade era servido à noite, sob a forma de um guisado estrambótico. E era Dio Fetente o gênio e o mago desse antro hediondo. Ali maldizíamos a nossa sorte; ali dom Gaetano se refugiava às vezes para meditar, sombrio, nos dissabores que o matrimônio traz consigo.

O ódio que fermentava no peito da mulher acabava por explodir.

Bastava um motivo insignificante, uma ninharia qualquer.

Subitamente, a mulher, tomada por um furor sombrio, abandonava o balcão e arrastando os chinelos pelas lajotas, as mãos enroladas no seu lencinho, os lábios apertados e as pálpebras imóveis, procurava o marido.

Lembro da cena desse dia:

Como de costume, nessa manhã dom Gaetano fingiu não vê-la, embora ela se encontrasse a três passos dele. Vi que o homem inclinou a cabeça em direção a um livro, simulando ler o título.

Parada, a mulher branca parecia imóvel. Só seus lábios tremiam como tremem as folhas.

Depois, ela disse com uma voz que tornava grave certa monotonia terrível:

— Eu era linda. O que é que você fez da minha vida?

Sobre a sua testa, os cabelos se agitaram, como se passasse um vento.

Um sobressalto sacudiu o corpo de dom Gaetano.

Com um desespero que lhe inchava a garganta, ela lhe atirou estas palavras pesadas, salitrosas:

— Eu te ergui... Quem era a sua mãe... senão uma "bagazza" que andava com todos os homens? O que é que fez da minha vida, você?

— Cala a boca, Maria! — respondeu dom Gaetano, com voz cavernosa.

— É, quem acabou com a tua fome e te vestiu...? Eu, "strunsso"... eu te dei de comer — e a mão da mulher se ergueu como se quisesse castigar a face do homem.

Dom Gaetano recuou, trêmulo.

Ela disse com amargura, deixando escapar um soluço, um soluço pesado de salitre:

— O que é que você fez da minha vida... seu porco? Eu estava na minha casa como cravo no vaso, e não tinha necessidade de me casar com você, "strunsso"...

Os lábios da mulher se entortaram convulsivamente, como se mastigasse um ódio pegajoso, terrível. Eu saí para tirar os curiosos do umbral da loja.

— Deixa eles, Sílvio — gritou, imperativa —, que ouçam quem é esse sem-vergonha. — E, com os redondos olhos verdes, dando a sensação de que seu rosto se aproximava, como no fundo de uma tela, prosseguiu, mais pálida:

— Se eu fosse diferente, se andasse por aí vagando, viveria melhor... estaria longe de um ordinário feito você.

Calou-se e sossegou.

Agora dom Gaetano atendia a um senhor de sobretudo, com grandes óculos de ouro cavalgando no fino nariz avermelhado pelo frio.

Exaltada por sua indiferença, pois o homem devia estar habituado a essas cenas e preferia ser insultado a perder seus benefícios, a mulher vociferou:

— Não lhe dê ouvidos, senhor. Não vê que é um napolitano ladrão?

O senhor ancião virou-se, espantado, para olhar a fúria, e ela:

— Pede vinte pesos por um livro que custou quatro. — E como dom Gaetano não virava as costas, ela gritou, até que seu rosto se congestionou: — É sim, você é um ladrão, um ladrão! — e cuspiu seu despeito, seu asco.

O senhor ancião disse, colocando os óculos:

— Volto outro dia — e saiu, indignado.

Então dona Maria pegou um livro e, bruscamente, atirou-o na cabeça de dom Gaetano, depois outro e outro.

Dom Gaetano parecia se afogar de furor. De repente, arrancou o colarinho, a gravata preta e atirou-a no rosto de sua mulher; depois parou um momento, como se tivesse recebido um soco na fronte, em seguida começou a correr, saiu até a rua, os olhos saltando das órbitas, e parando no meio da calçada, movendo a cabeça nua, raspada, mostrando-a como um louco para os transeuntes, os braços esticados, gritou com voz desnaturalizada pela coragem:

— Sua vaca... vaca... sua grandissíssima vaca...!

Satisfeita, ela se achegou a mim:

— Viu como é? Ele não vale nada... canalha! Te garanto que às vezes me dá vontade de largar dele — e virando para o balcão, cruzou os braços, permanecendo abstraída, o cruel olhar fixo na rua.

De repente:

— Sílvio.

— Senhora.

— Quantos dias que ele te deve?

— Três, contando hoje, senhora.

— Toma. — E me entregando o dinheiro, acrescentou: — Não confie nele, porque ele é um vigarista... Fraudou uma Companhia de Seguros; se eu quisesse, ele estaria na prisão.

Fui para a cozinha.

— O que você acha disto, Miguel...?

— O inferno, dom Sílvio. Que vida! Dio Fetente!

E o velho, ameaçando o céu com o punho, exalou um longo suspiro, depois inclinou a cabeça sobre a bacia e continuou descascando batatas.

— Mas a troco do que essa zona?

— Eu não sei... eles não têm filhos... ele não presta...

— Miguel.

— Diga, senhora.

A voz estridente ordenou:

— Não faça comida; hoje não se come. Quem não gostar que se mude.

Foi o golpe de misericórdia. Algumas lágrimas correram pelo ruinoso semblante do velho famélico.

Passaram-se alguns instantes.

— Sílvio.

— Senhora.

— Toma, são cinquenta centavos. Vá comer por aí — e enrolando os braços nas pregas do lencinho verde, recobrou sua feroz posição habitual. Nas faces lívidas, duas lágrimas brancas resvalavam lentamente em direção à comissura de sua boca.

Comovido, murmurei:

— Senhora...

Ela me olhou e, sem mover o rosto, sorrindo com um sorriso estranhamente convulsivo, disse:

— Vai, e volte às cinco.

***

Aproveitando a tarde livre, resolvi ir ver o senhor Vicente Timoteo Souza, que se dedicava às ciências ocultas e demais artes teosóficas e que me tinha sido recomendado por um desconhecido.

Pressionei o botão da campainha e permaneci olhando a escada de mármore, cujo tapete vermelho, preso por barras de bronze, era banhado pelo sol através dos vidros da pesada porta de ferro.

Vagarosamente desceu o porteiro, vestido de preto.

— O que deseja?

— O senhor Souza está?

— Quem é o senhor?

— Astier.

— As...

— É, Astier. Sílvio Astier.

— Aguarde, vou ver. — E depois de me examinar dos pés à cabeça desapareceu atrás da porta do saguão, forrado por longas cortinas de um branco amarelado.

Eu esperava afobado, com angústia, sabedor de que uma resolução daquele grande senhor chamado Vicente Timoteo Souza poderia mudar o destino da minha desafortunada mocidade.

Novamente a pesada porta se entreabriu e, solene, o porteiro me comunicou:

— O senhor Souza disse para que volte dentro de meia hora.

— Obrigado... obrigado... até logo — e me retirei, pálido.

Entrei numa leiteria próxima da casa e, sentando junto a uma mesa, pedi um café ao garçom.

"Indubitavelmente" — pensei — "se o senhor Souza me receber é para me dar o emprego prometido."

"Não" — continuei — "não tinha razão para pensar mal de Souza... Sabe-se lá todas as preocupações que ele tinha para não me receber..."

Ah, o senhor Vicente Timoteo Souza!

Fui apresentado a ele numa manhã de inverno pelo teósofo Demétrio, que tratava de remediar a minha situação.

Sentados no hall, em volta de uma mesa talhada, de ondulantes contornos, o senhor Souza, brilhantes as escanhoadas faces e as vivazes pupilas atrás das pequenas lentes de seu pincenê, conversava. Lembro que ele vestia um felpudo "deshabillé" com galões de madrepérola e punhos de lontra, cultivando sua pinta de "rastaquera" que, para se distrair, pode se permitir a liberdade de conversar com um pobre-diabo.

Falávamos e, referindo-se à minha possível psicologia, ele dizia:

— Rodamoinhos de cabelo, de caráter indócil... crânio achatado no occipício, temperamento raciocinador... pulso trêmulo, índole romântica...

O senhor Souza, virando-se para o teósofo impassível, disse:

— Vou fazer este matuto estudar para médico. O que lhe parece, Demétrio?

O teósofo, sem se alterar:

— Acho que está bem... já que todo homem pode ser útil à humanidade, por mais insignificante que seja sua posição social.

— Ha-ha; o senhor sempre filósofo. — E o senhor Souza, virando-se para mim, disse: — Vamos ver... amigo Astier, escreva o que lhe vier à cabeça neste exato momento.

Vacilei; depois anotei com uma linda caneta de ouro que, deferente, o homem me entregou:

"A cal ferve quando a molham."

— Meio anarquista, hein? Cuide do seu cérebro, amiguinho... cuide dele, que entre os vinte e vinte e dois anos você vai sofrer um "surmenage".

Como ignorava, perguntei:

— O que quer dizer "surmenage"?

Empalideci. Ainda agora, quando relembro, sinto vergonha.

— É um dito — reparou. — É conveniente que todos nossos sentimentos sejam dominados. — E prosseguiu: — O amigo Demétrio me disse que o senhor inventou não sei que coisas.

Pelos vidros do biombo penetrava uma grande claridade solar, e uma súbita lembrança de miséria me entristeceu de tal forma que vacilei em lhe responder, mas o fiz, com voz amarga.

— É, algumas coisinhas... um projétil sinalizador, um contador automático de estrelas...

— Teoria... sonhos... — interrompeu-me, esfregando as mãos. — Eu conheço o Ricaldoni, e com todos os seus inventos ele não passou de um simples professor de física. Aquele que quer enriquecer tem que inventar coisas práticas, simples.

Eu me senti laminado de angústia.

Ele continuou:

— E o sujeito que patenteou o jogo do diabolô, o senhor sabe quem foi?... Um estudante suíço, entediado com o inverno em seu quarto. Ganhou uma barbaridade de pesos, do mesmo jeito que aquele norte-americano que inventou o lápis com borrachinha na ponta.

Calou-se, e tirando uma cigarreira de ouro com um florão de rubi no dorso, ofereceu-nos cigarros de fumo suave.

O teósofo recusou inclinando a cabeça, eu aceitei. O senhor Souza continuou:

— Falando de outras coisas. Segundo me comunicou o amigo aqui presente, o senhor precisa de um emprego.

— Sim, senhor, um emprego onde eu possa progredir, porque onde estou...

— Sim... sim... já sei, na casa de um napolitano... já sei... uma figura. Muito bem, muito bem... acho que não haverá inconvenientes. Me escreva uma carta detalhando todas as particularidades de seu caráter, francamente, e não duvide de que posso ajudá-lo. Quando eu prometo, cumpro.

Levantou-se da poltrona com negligência.

— Amigo Demétrio... muito prazer... venha me ver logo, que eu quero lhe mostrar uns quadros. Jovem Astier, espero a sua carta. — E, sorrindo, acrescentou: — Cuidado, não vai me enganar...

Uma vez na rua, eu disse, entusiasmado, para o teósofo:

— Como o senhor Souza é bom... e tudo graças ao senhor... muito obrigado.

— Vamos ver... vamos ver.
Deixei de evocar, para perguntar as horas ao garçom da leiteria.
— Dez para as duas.

***

— O que será que o senhor Souza decidiu?
No intervalo de dois meses eu lhe havia escrito frequentemente, encarecendo-lhe a minha precária situação, e depois de longos silêncios, de breves bilhetes que não assinava e escritos a máquina, o homem endinheirado se dignava a me receber.
— É, há de ser me dando um emprego, talvez na administração municipal ou no governo. Se fosse verdade, que surpresa pra minha mãe! — e ao me lembrar dela, nessa leiteria com enxames de moscas voando em volta de pirâmides de alfajores e pão de leite, uma súbita ternura me umedeceu os olhos.
Joguei o cigarro e, pagando o consumido, dirigi-me à casa de Souza.
Minhas veias batiam com violência, quando toquei.
Retirei imediatamente o dedo do botão da campainha, pensando: "Não posso deixar ele supor que estou impaciente porque está me recebendo; ele pode não gostar".
Quanta timidez houve no circunspecto chamado! Parecia que ao apertar o botão da campainha, eu queria dizer:
— Perdoe se o incomodo, senhor Souza... mas preciso de um emprego...
A porta se abriu.
— O senhor... — balbuciei.
— Entre.
Na ponta dos pés, subi a escada atrás do fâmulo. Embora as ruas estivessem secas, no capacho de ferro do umbral havia esfregado a sola de minhas botinas para não sujar nada ali.
No vestíbulo, nós paramos. Estava escuro.
O criado junto à mesa ajeitou os caules de umas flores em seu púcaro de cristal.
Uma porta se abriu, e o senhor Souza compareceu em traje de rua, o olhar cintilante atrás das pequenas lentes de seu pincenê.
— Quem é o senhor? — gritou com dureza.
Desconcertado, repliquei:
— Mas senhor, eu sou o Astier...
— Não o conheço, senhor; não me incomode mais com as suas cartas impertinentes. Juan, acompanhe o senhor.

Depois, virando-se, fechou fortemente a porta nas minhas costas.

E outra vez, mais triste, sob o sol, empreendi o caminho em direção à caverna.

***

Uma tarde, depois que se insultaram até enrouquecer, a mulher de dom Gaetano, compreendendo que este não abandonaria o estabelecimento como das outras vezes, resolveu ir embora.

Saiu até a rua Esmeralda e voltou ao apartamento com uma trouxa branca. Depois, para prejudicar o marido que cantarolava insultante um "couplet" na porta da caverna, dirigiu-se à cozinha e nos chamou, a Dio Fetente e a mim. Me ordenou, pálida de raiva:

— Tira essa mesa, Sílvio. — Ela tinha os olhos mais verdes que nunca e duas manchas de ruge nas faces. Sem se preocupar com a barra de sua saia, que se sujava na umidade do chiqueiro, inclinava-se organizando os utensílios que levaria.

Eu, tratando de não me sujar de gordura, retirei a mesa, uma tábua ensebada com quatro pernas podres. Ali preparava seus grudes o dilacerado Dio Fetente.

Disse a mulher:

— Vira as pernas pra cima.

Compreendi seu pensamento. Queria transformar o cacareco numa padiola. Não me enganei.

Dio Fetente tirou com a vassoura, debaixo da mesa, muitas teias de aranha. E depois de cobri-la com um pano de prato, a mulher depositou nas tábuas um pacote branco, as panelas recheadas de pratos, facas e garfos, amarrou com um barbante o aquecedor Primus numa perna da mesa e, congestionada de ficar andando de um lado para o outro, disse, vendo quase tudo terminado:

— Que vá comer no botequim, esse cachorro.

Acabando de arrumar os pacotes, Dio Fetente, inclinado sobre a mesa, parecia um quadrúmano com gorro, e eu, com as mãos na cintura, cismava pensando como dom Gaetano proporcionaria a nossa magra boia.

— Você, segura lá na frente.

Dio Fetente, resignado, pegou a beirada da tábua e eu também.

— Anda devagar — gritou a mulher, cruel.

Derrubando alguns livros, passamos diante de dom Gaetano.

— Vai, sua porca... vai — vociferou ele.

Ela rangeu os dentes com furor.

— Ladrão! Amanhã o juiz vem aqui. — E entre dois gestos de ameaça, nós nos afastamos.

Eram sete da noite e a rua Lavalle estava em seu mais babilônico esplendor. Os cafés, através das vitrines, viam-se abarrotados de consumidores; nos átrios dos teatros e cinematógrafos aguardavam elegantes desocupados, e os manequins das casas de moda com suas pernas calçadas com finas meias e suspensas por braços niquelados, as vitrines das lojas ortopédicas e joalherias mostravam em sua opulência a astúcia de todos esses comerciantes que adulavam com artigos de malícia a voluptuosidade das pessoas poderosas, endinheiradas.

Os transeuntes abriam passagem só de pensar em se manchar com o nosso jeito sebento.

Envergonhado, eu pensava no jeito de pícaro que devia ter; e para cúmulo do infortúnio, como que apregoando sua ignomínia, os talheres e pratos tilintavam escandalosamente. As pessoas paravam para nos ver passar, regozijadas com o espetáculo. Eu não detinha os olhos em ninguém, tão humilhado me sentia, e suportava, como a mulher gorda e cruel que rompia a marcha, as piadinhas que a nossa aparição provocava.

Vários fiacres nos escoltavam, os cocheiros oferecendo seus serviços, mas dona Maria, surda a todos, caminhava diante da mesa, cujas pernas se iluminavam ao passar na frente das vitrines. Finalmente, os cocheiros desistiram de sua perseguição.

De vez em quando Dio Fetente virava para mim seu rosto barbudo sobre o cachecol verde. Grossas gotas de suor corriam pelas suas faces sujas, e em seus olhos lastimosos brilhava um perfeito desespero canino.

Na praça Lavalle, descansamos. Dona Maria nos fez depositar a padiola no chão e, examinando escrupulosamente a carga, revistou o farnel e acomodou as panelas, cujas tampas prendeu novamente com as quatro pontas do pano de prato.

Engraxates e vendedores de jornais tinham feito um círculo em torno de nós. A prudente presença de um agente de polícia evitou possíveis complicações e novamente empreendemos caminho. Dona Maria ia para a casa de uma irmã que morava na rua Callao com a Viamonte.

De vez em quando ela virava seu rosto pálido, me olhava, um leve sorriso lhe franzia o lábio descolorido, e dizia:

— Você está cansado, Sílvio? — E um sorriso suavizava a minha vergonha, era quase uma carícia que aliviava o coração do espetáculo de sua crueldade. — Você está cansado, Sílvio?

— Não, senhora. — E ela, tornando a sorrir com um sorriso estranho que me lembrava o de Enrique Irzubeta quando se escafedeu por entre os agentes de polícia, resolutamente avançava.

Agora íamos por ruas solitárias, discretamente iluminadas, com vigorosos plátanos na beira das calçadas, elevados edifícios de lindas fachadas e vitrais cobertos por amplos cortinados.

Passamos junto a um terraço iluminado.

Um adolescente e uma menina conversavam na penumbra; da sala alaranjada, partia a melodia de um piano.

Todo meu coração se apequenou de inveja e de angústia.

Pensei.

Pensei que eu nunca seria como eles... nunca viveria numa linda casa e nem teria uma namorada da aristocracia.

Todo meu coração se apequenou de inveja e angústia.

— Já estamos perto — disse a mulher.

Um amplo suspiro dilatou nossos peitos.

***

Quando dom Gaetano nos viu entrar na caverna, levantando os braços para o céu, gritou alegremente:

— Rapazes, vamos comer no hotel! Ei, gostou, dom Miguel? Depois, vamos sair por aí. Fecha, fecha a porta, "strunsso".

Um sorriso maravilhosamente infantil demudou a suja cara de Dio Fetente.

Algumas vezes, durante a noite, eu pensava na beleza com que os poetas estremeceram o mundo, e o meu coração inteiro se inundava de pena como uma boca num grito.

Eu pensava nas festas a que eles assistiram, as festas da cidade, as festas nas paragens arborizadas com tochas de sol nos jardins florescidos, e a minha pobreza caía por entre as mãos.

Já não tenho nem encontro palavras para pedir misericórdia.

Baldia e feia como um joelho nu é a minha alma.

Procuro um poema que não encontro, o poema de um corpo a quem o desespero povoou subitamente em sua carne de mil bocas grandiosas, de dois mil lábios gritadores.

Aos meus ouvidos chegam vozes distantes, resplendores pirotécnicos, mas eu estou aqui sozinho, preso à minha terra de miséria, como com nove pregos.

***

Terceiro andar, apartamento 4, Charcas, 1600. Tal era o endereço onde eu devia entregar o pacote de livros.

Estranhos e singulares são esses luxuosos edifícios de apartamentos.

Por fora, com suas harmoniosas linhas de métopas que realçam a suntuosidade das cornijas rebuscadas e soberbas, e com suas amplas janelas protegidas por vidros ondulados, fazem os pobres-diabos sonhar com inverossímeis refinamentos de luxo e poderio; por dentro, a escuridão polar de seus saguões profundos e solitários espanta o espírito do amador dos grandes céus adornados de Walhallas de nuvens.

Parei junto ao porteiro, um atlético sujeito que, metido em sua libré azul, com ar de suficiência, lia um periódico.

Como um Cérbero, ele me examinou da cabeça aos pés; depois, satisfeito por comprovar hipoteticamente que eu não era um ladrãozinho, com uma indulgência que unicamente podia nascer do soberbo boné azul com trancinha de ouro sobre a viseira, ele me deu permissão para entrar, indicando:

— O elevador, à esquerda.

Quando saí da gaiola de ferro me encontrei num corredor escuro, de forro baixo.

Uma lâmpada esmerilhada difundia sua mortiça claridade pela lajota lustrosa.

A porta do apartamento indicado era de uma só folha, sem vidros, e parecia, por sua pequena e redonda fechadura de bronze, a porta de uma monumental caixa de aço.

Toquei, e uma criada de saia preta e avental branco me fez entrar numa saleta forrada de papel azul, sulcada de lívidas e enormes flores douradas.

Através dos vidros cobertos de chamalote penetrava uma azulada claridade de hospital. Piano, bibelôs, objetos de bronze, vasos, eu olhava tudo. De repente, um delicadíssimo perfume anunciou sua presença; uma porta lateral se abriu e eu me encontrei diante de uma mulher de rosto infantilizado, leves melenas crespas junto às faces e um amplo decote. Um felpudo chambre cor de cereja não chegava a cobrir suas pequenas sandálias brancas e douradas.

— *Qu'y a t-il, Fanny?*
— *Quelques livres pour Monsieur...*
— Tem que pagar?
— Já estão pagos.
— *Oui...*
— *C'est bien. Donne le pourboire au garçon.*

De uma bandeja a criada pegou algumas moedas para me entregar e, então, respondi:

— Eu não recebo gorjeta de ninguém.

Com dureza, a criada retraiu a mão e explicou meu gesto à cortesã, acho que sim, porque disse:

— *Très bien, très bien, et tu ne reçois pas ceci?*

E antes que o evitasse, ou melhor, que o acolhesse em toda sua plenitude, a mulher, rindo, me beijou a boca, e ainda a vi quando desaparecia, rindo como uma criancinha, pela porta entreaberta.

***

Dio Fetente acorda e começa a se vestir, isto é, a calçar as botinas. Sentado na beirada do catre, sujo e barbudo, olha ao redor com ar entediado. Estica o braço e pega o gorro, enfiando-o na cabeça até as orelhas; em seguida olha seus pés, os pés enfiados em grosseiras meias vermelhas e, depois, afundando o dedo mínimo na orelha, agita-o rapidamente produzindo um barulho desagradável. Acaba se decidindo e calça as botinas; em seguida, encurvado, caminha em direção à porta do quartinho, vira-se, olha para o chão, e achando uma guimba de cigarro a levanta, assopra o pó grudado e a acende. Sai.

Nas lajotas do terraço, escuto como ele arrasta os pés. Eu me deixo ficar. Penso, não, não penso, ou melhor, recebo do meu interior uma doce nostalgia, um sofrimento mais doce do que uma incerteza de amor. E me lembro da mulher que me deu um beijo de gorjeta.

Estou cheio de desejos imprecisos, de uma vagueza que é como neblina, e adentrando todo o meu ser, torna-o quase aéreo, impessoal e alado. Às vezes, a lembrança de uma fragrância, da brancura de um peito, me atravessa unânime, e sei que se me encontrasse outra vez junto dela desfaleceria de amor; penso que não me importaria pensar que tenha sido possuída por muitos homens, e que se me encontrasse outra vez junto dela, nessa mesma sala azul, eu me ajoelharia no tapete e colocaria a cabeça sobre seu regaço, e pelo júbilo de possuí-la e amá-la, faria as coisas mais ignominiosas e as coisas mais doces.

E à medida que o meu desejo se destranca, reconstruo os vestidos com que a cortesã se embelezará, os chapéus harmoniosos com que se cobrirá para ser mais sedutora, e a imagino junto a seu leito, numa seminudez mais terrível que a nudez.

E embora o desejo por mulher me surja lentamente, eu desdobro os atos e prevejo que felicidade seria para mim um amor dessa índole, com riquezas e com glória; imagino que sensações se propagariam em meu organismo se, de um dia para o outro, delicioso, despertasse nesse dormitório com a minha jovem querida, calçando-se seminua junto ao leito, como vi nos cromos dos livros viciosos.

E, de repente, todo meu corpo, meu pobre corpo de homem, clama ao Senhor dos Céus:

— E eu, eu, Senhor, nunca terei uma amante tão linda como essas amantes que ilustram os cromos dos livros viciosos!

***

Uma sensação de asco começou a carcomer minha vida dentro daquele antro, rodeado dessa gente que não vomitava mais do que palavras de ganância ou ferocidade. Fui contagiado pelo ódio que crispava suas fuças e momentos houve em que percebi dentro da caixa do meu crânio uma neblina vermelha que se movia com lentidão.

Certo cansaço terrível me prostrava os braços. Houve vezes em que eu quis dormir dois dias e duas noites. Tinha a sensação de que o meu espírito estava se sujando, de que a lepra dessa gente fendia a pele do meu espírito, para escavar ali suas escuras cavernas. Eu me deitava raivoso, despertava taciturno. O desespero me dilatava as veias, e eu sentia entre os meus ossos e a minha pele o crescimento de uma força até então desconhecida dos meus sensórios. Assim eu permanecia horas, exasperado, numa abstração dolorosa. Uma noite, dona Maria, encolerizada, me ordenou que limpasse a latrina porque estava asquerosa. E obedeci sem dizer palavra. Acho que procurava motivos para multiplicar em meu interior uma finalidade obscura.

Outra noite, dom Gaetano, rindo, eu querendo sair, pôs uma mão sobre o meu estômago e outra sobre o peito para se certificar de que eu não estava roubando livros, levando-os escondidos nesses lugares. Não pude me indignar nem sorrir. Isso era necessário, sim, isso; era necessário que a minha vida, a vida que durante nove meses havia nutrido com pena um ventre de mulher, sofresse todos os ultrajes, todas as humilhações, todas as angústias.

Ali comecei a ficar surdo. Durante alguns meses perdi a percepção dos sons. Um silêncio afiado, porque o silêncio pode adquirir até a forma de uma faca, cortava as vozes no meu ouvido.

Não pensava. Meu entendimento se embotou num rancor côncavo, cuja concavidade dia a dia fazia-se mais ampla e encouraçada. Assim ia se incubando o meu rancor.

Me deram um sino, uma sineta. E era divertido, ora se não, olhar um pilantra da minha estatura dedicado a tão baixa tarefa. Eu ficava estacionado na porta da caverna nas horas de maior trânsito na rua, e sacudia a sineta para chamar as pessoas, para fazer as pessoas virarem a cabeça, para que as pessoas soubessem que ali se vendia livros, livros encantadores... e que as nobres histórias e as altas belezas tinham que ser negociadas com o homem dissimulado ou com a mulher gorda e pálida. E eu sacudia a sineta.

Muitos olhos me despiram lentamente. Vi rostos de mulheres que não esquecerei jamais. Vi sorrisos que ainda me gritam sua mofa nos olhos...

Ah! É verdade que eu estava cansado... mas não está escrito: "ganharás o pão com o suor de tua testa"?

E esfreguei o chão, pedindo permissão a deliciosas donzelas para poder passar o pano no lugar que elas ocupavam com seus pezinhos, e fui às compras com uma cesta enorme; levei recados... Possivelmente, se tivessem me cuspido na cara, eu me limparia tranquilo com as costas das mãos.

Caiu sobre mim uma escuridão cujo tecido se tornava espesso, lentamente. Perdi na memória os contornos dos rostos que eu havia amado com choroso recolhimento; tive a noção de que meus dias estavam distanciados entre si por longos espaços de tempo... e os meus olhos se secaram para o choro.

Então repeti as palavras que antes haviam tido um sentido pálido na minha experiência:

— Você vai sofrer — me dizia —, você vai sofrer... você vai sofrer... você vai sofrer...

— Você vai sofrer... você vai sofrer...

— Você vai sofrer... — e a palavra caía dos meus lábios.

Assim amadureci durante todo o inverno infernal.

***

Uma noite, foi no mês de julho, precisamente no momento em que dom Gaetano fechava a portinhola da porta de aço, dona Maria lembrou que tinha esquecido na cozinha uma trouxa de roupa que a lavadeira trouxera nessa tarde. Então, disse:

— Ei, Sílvio, vem, vamos buscá-la.

Enquanto dom Gaetano acendia a luz, acompanhei-a. Lembro com exatidão.

O embrulho estava no centro da cozinha, sobre uma cadeira. Dona Maria, dando-me as costas, pegou as pontas do embrulho. Eu, ao virar os olhos, vi uns carvões acesos no braseiro. E naquele brevíssimo intervalo, pensei: "É isso...", e sem vacilar, pegando uma brasa, joguei-a numa porção de papéis que estava na beirada de uma estante carregada de livros, enquanto dona Maria se punha a caminhar.

Depois dom Gaetano girou o interruptor e nos encontramos na rua.
Dona Maria olhou o céu estrelado.
— Linda noite... vai gear... — Eu também olhei para o alto.
— É, a noite está linda.

***

Enquanto Dio Fetente dormia, eu, recostado na minha jazida, olhava o círculo branco de luz que, pela claraboia, se estampava na parede desde a rua...
Na escuridão, eu sorria, libertado... livre... definitivamente livre, pela consciência de hombridade que me dava o meu ato anterior. Eu pensava, ou melhor, não pensava, entrelaçava delícias.
— Esta é a hora das "cocottes".
Uma fresca cordialidade como um copinho de vinho me fazia fraternizar com todas as coisas do mundo, a estas horas despertas. Eu dizia:
— Esta é a hora das mocinhas... e dos poetas... mas como sou ridículo... e, no entanto, eu beijaria os seus pés.
— Vida, Vida, como você é linda, Vida... Ah! Mas você não sabe? Eu sou o rapaz... o empregado... é, do dom Gaetano... e, no entanto, eu amo todas as coisas mais encantadoras da Terra... gostaria de ser lindo e genial... vestir uniformes resplandecentes... e ser taciturno... Vida, como você é linda, Vida... que linda... Meus Deus, como você é linda.
Encontrava prazer em sorrir devagar. Passei os dedos em forquilha pelas maçãs do rosto. E o grasnido das buzinas dos automóveis se estendia lá para baixo, na rua Esmeralda, como um rouco pregão de alegrias.
Depois inclinei a cabeça sobre o meu ombro e fechei os olhos, pensando: "Que pintor fará o quadro do empregado adormecido, que em sonhos sorri porque incendiou o covil do seu patrão?".
Depois, lentamente, a leve embriaguez se dissipou. Veio uma seriedade sem pé nem cabeça, uma dessas seriedades que é de bom tom ostentar nas paragens povoadas. E eu sentia vontade de dar risada da minha seriedade intempestiva, paternal. Mas como a seriedade é hipócrita, era preciso fazer a comédia da "consciência" no quartinho, e eu me disse:
— Acusado... O senhor é um canalha... um incendiário. O senhor tem bagagem de remorso para a vida toda. O senhor vai ser interrogado pela polícia

e pelos juízes e pelo diabo... fique sério, acusado... O senhor não compreende que é preciso ser sério... porque irá de cabeça a um calabouço.

Mas a minha seriedade não me convencia. Parecia uma panela de ferro vazia. Não, eu não podia levar a sério essa mistificação. Eu agora era um homem livre, e o que tem a ver a sociedade com a liberdade? Eu agora era livre, podia fazer o que me desse na telha... me matar, se quisesse... mas isso era uma coisa ridícula... e eu... eu tinha necessidade de fazer alguma coisa encantadoramente séria, belamente séria: adorar a Vida. E repeti:

— É, Vida, você é linda, Vida... Sabe? Daqui para a frente adorarei todas as coisas encantadoras da Terra... verdade... adorarei as árvores, as coisas, e os céus... adorarei tudo o que está em você... além disso... me diz, Vida, não é verdade que sou um rapaz inteligente? Você conheceu algum outro que fosse como eu?

Depois, adormeci.

***

O primeiro a entrar na livraria nessa manhã foi dom Gaetano. Eu o segui. Tudo estava como tínhamos deixado. A atmosfera com um relento de mofo e, lá no fundo, na lombada de couro dos livros, uma mancha de sol que se infiltrava pela claraboia.

Eu me dirigi à cozinha. A brasa tinha se extinguido, ainda úmida de água, com a qual Dio Fetente fizera uma poça ao lavar os pratos.

E foi o último dia em que trabalhei ali.

3. O BRINQUEDO RAIVOSO

Depois de lavar os pratos, de fechar as portas e abrir os postigos, recostei-me no leito, porque fazia frio.

Sobre a cerca, o sol avermelhava obliquamente os tijolos.

Minha mãe costurava em outro quarto e a minha irmã fazia suas lições. Eu resolvi ler. Sobre uma cadeira, junto ao respaldar do leito, tinha as seguintes obras: *Virgem e mãe*, de Luis de Val, *Eletrotécnica*, de Bahía, e *Anticristo*, de Nietzsche. Uma vizinha passadeira tinha me emprestado *Virgem e mãe*, quatro volumes de mil e oitocentas páginas cada um.

Já comodamente deitado, observei com displicência o *Virgem e mãe*. Evidentemente, hoje eu não me encontrava disposto à leitura do dramalhão truculento e, então, decidido, peguei a *Eletrotécnica* e me pus a estudar a teoria do campo magnético giratório.

Eu lia devagar e com satisfação. Pensava, já interiorizado pela complicada explicação sobre as correntes polifásicas: "É sintoma de uma inteligência universal poder se deliciar com diferentes belezas", e os nomes de Ferranti e Siemens Halscke ressoavam harmoniosamente em meus ouvidos.

Pensava: "Eu também, algum dia, poderei dizer perante um congresso de engenheiros: 'Sim, senhores... as correntes eletromagnéticas que o sol gera podem ser utilizadas e condensadas'. Que incrível, primeiro condensadas, depois utilizadas! Diabos! Como as correntes eletromagnéticas do sol poderiam se condensar?".

Eu sabia por notícias científicas que aparecem em diferentes jornais que Tesla, o mago da eletricidade, tinha idealizado um condensador do raio.

Assim sonhava até o anoitecer, quando no quarto contíguo escutei a voz da senhora Rebeca Naidath, amiga da minha mãe.

— Oi, como vai, *frau* Drodman? Como vai, minha filhinha?

Levantei a cabeça do livro para escutar.

A senhora Rebeca pertencia ao rito judeu. Sua alma era mesquinha, porque seu corpo era pequeno. Caminhava como uma foca e esquadrinhava como uma águia... Eu a detestava por causa de certas cachorradas que me havia feito.

— O Sílvio não está? Tenho que falar com ele. — Num abrir e fechar de olhos fui ao outro quarto.

— Oi, como vai, *frau*, o que há de novo?

— Você entende de mecânica?

— Claro... Sei alguma coisa. Você não mostrou pra ela, mãe, a carta do Ricaldoni?

Efetivamente, Ricaldoni tinha me felicitado por algumas combinações mecânicas absurdas que eu tinha idealizado nas minhas horas de vagabundagem.

A senhora Rebeca disse:

— Sim, já vi. Pega — me passando um jornal em cuja página seu dedo de unha debruada de sujeira apontava um anúncio, comentou: — O meu marido me pediu pra que eu viesse e te avisasse. Leia.

Com os punhos nos quadris, jogava o busto na minha direção. Usava um chapeuzinho preto cujas penas desfiadas pendiam lamentáveis. Suas pupilas negras inspecionavam ironicamente o meu rosto e, de vez em quando, afastando uma mão dos quadris, coçava com os dedos o encurvado nariz.

Li: "Precisa-se de aprendizes de mecânicos de aviação. Dirigir-se à Escola Militar de Aviação. Palomar de Caseros".

— Caramba, que notícia linda *frau*, muito obrigado... Mas será que dá tempo de ir hoje?

— É, você pega o trem pra La Paternal, diz ao guarda pra te descer em La Paternal, você pega o 88. Ele te deixa na porta.

— É, vai hoje, Sílvio, é melhor — sugeriu minha mãe, sorrindo esperançosa. — Coloca a gravata azul. Já está passada e eu costurei o forro.

De um salto, eu me plantei no meu quarto e, enquanto me vestia, escutei a judia que narrava com voz lamentosa uma briga com seu marido.

— Que coisa, *frau* Drodman! Apareceu bêbado, bem bêbado. O Maximito não estava, tinha ido a Quilmes pra ver um trabalho de pintura. Eu estava na cozinha, saio lá fora, e ele me diz, mostrando o punho assim: "A comida, rápido... E o canalha do teu filho, por que não apareceu na obra?". Que vida, *frau*, que vida. Vou para a cozinha e rapidinho abro o gás. Eu pensava que se o Maximito chegasse ia acontecer uma confusão danada, e eu tremia, *frau*. Meu Deus! Rapidinho trago a frigideira com o fígado e os ovos fritos na manteiga. Porque ele não gosta de óleo. E só vendo, *frau*, ele abre os olhos grandes, franze o nariz e me diz: "Sua desgraçada, isto está podre", e os ovos eram frescos. Que vida, *frau*, que vida...! A cama toda era só ovos e manteiga. Eu corri até a porta e ele se levantou, pegou os pratos e jogava eles contra o chão. Que vida. Até a linda sopeira, lembra *frau*? Até a linda sopeira se quebrou. Eu tinha medo e, como fui embora, ele veio e pá, pá, dava incríveis socos no seu peito... Que coisa horrível! E me gritou coisas que nunca, *frau*, nunca me gritou: "Sua porca! Quero lavar as mãos com o teu sangue!".

Ouvia-se a senhora Naidath suspirar profundamente.

Os percalços da mulher me divertiam. Enquanto dava o nó da minha gravata, eu me imaginava sorrindo para o grandalhão do seu marido, um polaco grisalho, com nariz de cacatua, vociferando atrás da dona Rebeca.

O senhor Josias Naidath era um hebreu mais generoso que um cossaco do século dos Sobieski.[1] Homem estranho. Detestava os judeus até a exasperação, e seu antissemitismo grotesco se exteriorizava num léxico fabuloso pelo obsceno. Natural, seu ódio era coletivo.

Amigos especuladores o tinham enganado muitas vezes, mas ele não queria se convencer disso e, na sua casa, para desespero da senhora Rebeca, sempre se podia encontrar imigrantes alemães gordos e aventureiros de aspecto miserável, que se fartavam em torno da mesa com chucrute e salsicha, e riam com fartas gargalhadas, movendo os inexpressivos olhos azuis.

O judeu os protegia até que encontrassem trabalho, valendo-se das relações que, como pintor e maçom, ele tinha. Alguns o roubaram; teve um malandro que da noite para o dia desapareceu de uma casa em reforma levando escadas, tábuas e tintas.

Quando o senhor Naidath soube que o guarda-noturno, seu protegido, tinha se despachado dessa forma, fez o maior escândalo. Parecia o deus Thor enfurecido... mas não fez nada.

Sua esposa era o protótipo da judia avarenta e sórdida.

Lembro que quando minha irmã era menor, um dia foi visitar a casa dela. Com candidez, admirava uma linda ameixeira carregada de fruta madura e, como é lógico, a fruta a apetecia e ela a pedia com tímidas palavras.

Então a senhora Rebeca a repreendeu:

— Filhinha... Se você tem vontade de comer ameixa, pode comprar todas que quiser no mercado.

— Sirva-se de chá, senhora Naidath.

A judia continuava narrando lamentosamente.

— Depois gritava comigo, e todos os vizinhos ouviam, *frau*; gritava comigo: "Filha de açougueiro, judia, judia porca, protetora do teu filho". Como se ele não fosse judeu, como se o Maximito não fosse seu filho.

Efetivamente, a senhora Naidath e o abrutalhado do Maximito se entendiam admiravelmente bem para enganar o maçom e lhe surrupiar dinheiro, que gastavam em bobagens, cumplicidade da qual era sabedor o senhor Naidath, e só o fato de mencioná-la bastava para tirá-lo do sério.

---

[1] Dinastia polonesa do século XVI ao XVII, cujo maior expoente, rei Jan III (1674-1696), restituiu o prestígio da coroa obtendo uma importante vitória sobre os turcos, em 1683. (N.T.)

Maximito, origem de tantas desavenças, era um palerma de vinte e oito anos, que se envergonhava de ser judeu e de ter a profissão de pintor.

Para dissimular sua condição de operário, ele se vestia como um senhor, usava óculos, e à noite, antes de se deitar, untava as mãos com glicerina.

Das barbaridades que aprontava, eu conhecia algumas saborosíssimas.

Certa vez recebeu clandestinamente um dinheiro devido por um hoteleiro a seu pai. Devia ter vinte anos na época, e sentindo-se com aptidões de músico, investiu a importância numa harpa dourada, magnífica. Maximito explicou, por sugestão da mãe, que tinha ganhado uns pesos com uma quina da loteria, e o senhor Naidath não disse nada, mas, cismado, olhou de esguelha a harpa, e os culpados tremeram como Adão e Eva no paraíso quando foram observados por Jeová.

Passaram-se os dias. Enquanto isso, Maximito tangia a harpa e a velha judia se regozijava. Essas coisas costumam acontecer. A senhora Rebeca dizia à suas amizades que Maximito tinha todo jeito de harpista, e as pessoas, depois de admirar a harpa num canto da sala de jantar, diziam que sim.

No entanto, apesar de sua generosidade, o senhor Josias era um homem prudente muitas vezes, e de repente compreendeu por meio de que trapaça era dono da harpa o magnânimo Maximito.

Nesse caso, o senhor Naidath, que tinha uma força espantosa, esteve à altura das circunstâncias, e como recomenda o salmista, falou pouco e fez muito.

Era sábado, mas o senhor Josias estava pouco se lixando para o preceito mosaico; a título de prólogo, meteu dois pontapés no traseiro da mulher, pegou Maximito pelo pescoço e, depois de lhe dar uma surra, o conduziu para a porta da rua, e para os vizinhos que, em mangas de camisa, se divertiam imensamente com a balbúrdia, atirou-lhes a harpa nas cabeças, através da janela da sala de jantar.

Isso ameniza a vida, e por isso as pessoas falavam do judeu:

— Ah! O senhor Naidath... é uma boa pessoa.

Depois de me emperiquitar, saí.

— Bom, até logo, *frau*, recomendações ao seu esposo e ao Maximito.

— Não vai agradecer? — interrompeu minha mãe.

— Já agradeci antes.

A hebreia levantou os olhinhos invejosos das rabanadas de pão untadas com manteiga e, com frouxidão, me estendeu as mãos. Já reagiam nela os desejos de me ver fracassado em minhas gestões.

***

À noitinha, cheguei a Palomar.

Ao perguntar por ele, um velho que fumava sentado num pacote, sob o lampião verde da estação, com gasto mínimo de gestos, me indicou o caminho por entre a escuridão.

Compreendi que estava lidando com um indiferente; não quis abusar de sua parcimônia, e sabendo quase tanto quanto antes de interrogá-lo, agradeci e empreendi o caminho.

Então o velho gritou:

— Diga, menino, não tem dez centavos?

Pensei em não beneficiá-lo, mas, refletindo rapidamente, eu me disse que se Deus existisse poderia ajudar-me na minha empresa como eu fazia com o velho e, não sem secreta pena, me aproximei para lhe entregar uma moeda.

Então o andrajoso foi mais explícito. Abandonou o pacote e, com um trêmulo braço estendido em direção à escuridão, apontou:

— Olha, menino... siga retinho, retinho e o clube dos oficiais fica à esquerda.

Eu caminhava.

O vento remexia as folhagens ressecadas dos eucaliptos, e passando pelos troncos e pelos altos fios do telégrafo, assobiava ululante.

Indeciso, parei. Tocaria? Atrás das varandas do sobrado, diante da porta, não havia nenhum soldado de guarda.

Subi três degraus e, audazmente — assim pensava então —, me enfiei num estreito corredor de madeira, material de que estava construído o edifício todo, e parei diante da porta de um quarto oblongo, cujo centro era ocupado por uma mesa.

Ao redor dela, três oficiais — um recostado num sofá junto ao trinchante, outro de cotovelos na mesa, e um terceiro com os pés para cima, pois apoiava o espaldar da cadeira na parede — conversavam com displicência diante de cinco garrafas de cores distintas.

— O que o senhor quer?

— Me apresentei, senhor, por causa do anúncio.

— As vagas já foram preenchidas.

Objetei, extremamente tranquilo, com uma serenidade que me nascia da pouca sorte:

— Caramba, é uma pena, porque eu, que sou meio inventor, estaria no meu ambiente.

— E o que é que o senhor inventou? Mas entre, sente-se — falou um capitão, soerguendo-se no sofá.

Respondi sem me alterar:

— Um sinalizador automático de estrelas fugazes e uma máquina de escrever em caracteres de imprensa aquilo que se dita a ela. Tenho aqui uma carta de felicitação dirigida a mim pelo físico Ricaldoni.

Isso não deixava de ser curioso para os três oficiais entediados, e de repente compreendi que os tinha deixado interessados.

— Vamos ver, sente-se — me indicou um dos tenentes, examinando a minha catadura da cabeça aos pés. — Explique para nós seus famosos inventos. Como se chamavam mesmo?

— Sinalizador automático de estrelas fugazes, senhor oficial.

Apoiei meus braços na mesa e olhei, com olhar que me parecia investigador, os semblantes de linhas duras e olhos inquisidores, três rostos curtidos de dominadores de homens, que me observavam entre curiosos e irônicos. E naquele instante, antes de falar, pensei nos heróis das minhas leituras prediletas, e a catadura de Rocambole, do Rocambole com boné de viseira de tule e sorriso canalha na boca torta, passou por meus olhos me incitando à desfaçatez e à atitude heroica.

Reconfortado, seguríssimo de não incorrer em erros, eu disse:

— Senhores oficiais: vocês devem saber que o selênio conduz a corrente elétrica quando está iluminado: na escuridão, ele se comporta como um isolante. O sinalizador não consistiria em nada mais que numa célula de selênio, conectada com um eletroímã. A passagem de uma estrela pelo retículo do selênio será marcada por um sinal, já que a claridade do meteoro, concentrada por uma lente côncava, colocaria o selênio em condições de condutor.

— Muito bem. E a máquina de escrever?

— A teoria é a seguinte. No telefone, o som se transforma numa onda eletromagnética. Se medirmos com um galvanômetro de tangente a intensidade elétrica produzida por cada vogal e consoante, podemos calcular o número de amperes-volta necessário para fabricar um teclado magnético, que responderá à intensidade de corrente de cada vogal.

O cenho do tenente se acentuou.

— A ideia não é ruim, mas o senhor não está levando em conta a dificuldade de criar eletroímãs que respondam a alterações elétricas tão ínfimas, e isso sem contar as variações do timbre de voz, o magnetismo remanescente; outro problema muito sério, e pior, talvez, é que as correntes se distribuam por si mesmas nos eletroímãs correspondentes. Mas o senhor tem aí a carta do Ricaldoni?

O tenente se inclinou sobre ela; depois, entregando-a a outro dos oficiais, me disse:

— Viu só? Os inconvenientes que eu estou lhe expondo, também são assinalados pelo Ricaldoni. Sua ideia, a princípio, é muito interessante. Eu conheço o Ricaldoni. Foi meu professor. O homem é um sábio.

— É, baixinho, gordo, bem gordo.

— Aceita um vermute? — ofereceu-me o capitão, sorrindo.

— Obrigado, senhor. Não bebo.

— E de mecânica, entende alguma coisa?

— Alguma coisa. Cinemática... Dinâmica... Motores a vapor e a explosão; também conheço os motores a óleo cru. Além disso, estudei química e explosivos, que são uma coisa interessante.

— Também. E o que o senhor entende de explosivos?

— É só perguntar, senhor — repliquei, sorrindo.

— Bom, vamos ver então. O que são fulminantes?

Aquilo adquiria ares de um exame e, dando uma de erudito, respondi:

— O capitão Cundill, em seu *Dicionário de explosivos*, diz que os fulminatos são os sais metálicos de um ácido hipotético chamado fulminato de hidrogênio. E são simples, ou duplos.

— Vamos ver, vamos ver: um fulminato duplo.

— O do cobre, que são cristais verdes e produzidos fazendo ferver fulminato de mercúrio, que é simples, com água e cobre.

— É notável o que sabe este rapaz. Qual sua idade?

— Dezesseis anos.

— Dezesseis anos?

— Sim, senhor.

— Percebe, capitão? Este jovem tem um grande futuro. O que lhe parece se falarmos com o capitão Márquez? Seria uma pena se ele não pudesse ingressar.

— Sem dúvida alguma. — E o oficial do corpo de engenheiros se dirigiu a mim: — Mas onde diabos você estudou todas essas coisas?

— Em todos os lugares, senhor. Por exemplo: estou andando na rua e, numa casa de mecânica, vejo uma máquina que não conheço. Paro e me digo, estudando as diferentes partes do que estou olhando: isto deve funcionar assim e assim, e deve servir pra tal coisa. Depois que fiz as minhas deduções, entro na loja e pergunto, e acredite em mim, senhor, raras vezes me engano. Além do mais, tenho uma biblioteca razoável, e se não estou estudando mecânica, estudo literatura.

— Como? — interrompeu o capitão. — Literatura também?

— Sim, senhor, e tenho os melhores autores: Baudelaire, Dostoiévski, Baroja.
— Ei, será que este aí não é anarquista?
— Não, senhor capitão. Não sou anarquista. Mas gosto de estudar, de ler.
— E o que seu pai acha de tudo isso?
— Meu pai se matou quando eu era bem pequeno.
Subitamente, calaram-se. Olhando-me, os três oficiais se olharam.
Lá fora, silvava o vento, e na minha testa, acentuou-se mais o sinal de atenção.
O capitão se levantou, e eu o imitei.
— Olhe, amiguinho, eu o felicito, venha amanhã. Hoje à noite, tratarei de ver o capitão Márquez, porque o senhor merece. É disso que o exército argentino precisa. Jovens que queiram estudar.
— Obrigado, senhor.
— Amanhã, se quiser me ver, vou atendê-lo com o maior prazer. Pergunte pelo capitão Bossi.
Cheio de imensa alegria, eu me despedi.
Agora atravessava a escuridão, pulava os alambrados, estremecido por uma coragem sonora.
Mais do que nunca se afirmava a convicção do destino grandioso a se cumprir em minha existência. Eu poderia ser um engenheiro como Edison, um general como Napoleão, um poeta como Baudelaire, um demônio como Rocambole.
Sétimo céu. Por elogio dos homens, gozei noites tão estupendas que o sangue, numa multidão de alegrias, atropelava meu coração, e eu acreditava, igual a um símbolo de juventude, percorrer os caminhos da terra sobre as costas de minha infinita alegria.

***

Acho que fomos escolhidos trinta aprendizes de mecânica de aeroplanos, dentre duzentos solicitantes.
Era uma manhã cinza. O campo se estendia ao longe, áspero. De sua continuidade verde-cinza, desprendia-se um castigo sem nome.
Acompanhados por um sargento, passamos junto aos hangares fechados, e na cavalariça, nos vestimos com roupa de faxina.
Chuviscava, e apesar disso, um cabo nos conduziu para fazer ginástica num potreiro situado atrás da cantina.
Não era difícil. Obedecendo às vozes de comando, eu deixava entrar em mim a indiferente extensão da planície. Isso hipnotizava o organismo, deixando independentes os trabalhos da dor.

Pensava: "E se ela me visse agora, o que diria?".

Docemente, como uma sombra numa parede embraquecida pela lua, toda ela passou e, em certo anoitecer longínquo, vi o semblante de imploração da menina imóvel junto ao álamo negro.

— Vamos, mexa-se, recruta — o cabo gritou para mim.

Na hora do rancho, chafurdando no barro, nós nos aproximamos das fedorentas panelas de comida. Sob os tachos, fumegavam as lenhas verdes. Espremendo-nos, estendíamos os pratos de lata para o cozinheiro.

O homem afundava sua concha na gororoba e um tridente em outra panela, depois nós nos afastávamos para devorar.

Enquanto comia, lembrei de dom Gaetano e da mulher cruel. E embora não tivessem transcorrido, eu percebia imensos espaços de tempo entre o meu ontem taciturno e o meu hoje vacilante.

Pensei: "Agora que tudo mudou, quem sou eu dentro do amplo uniforme?".

Sentado perto da cavalariça, eu observava a chuva que caía, em intervalos, e com o prato em cima dos joelhos não podia afastar os olhos do arco de horizonte, tumultuoso em alguns pedaços, liso como um filete de metal em outros e tão impiedosamente feito um leão que o frio de sua altura, na queda, penetrava até os ossos.

Alguns aprendizes amontoados na esquadra riam e, outros, inclinados numa pia para abeberar cavalos, lavavam os pés.

Eu disse a mim mesmo: "E assim é a vida, sempre se queixando do que já foi". Com que lentidão caíam os fios d'água! E assim era a vida. Deixei o prato na terra, para aumentar as minhas reflexões com estas ansiedades.

Será que alguma vez eu sairia da minha ínfima condição social, será que poderia me transformar, algum dia, num senhor, deixar de ser o rapaz que se oferece para qualquer trabalho?

Um tenente passou e adotei a posição militar...

Depois me deixei cair num canto e a dor se tornou mais funda.

No futuro, será que eu não seria um desses homens que usam colarinhos sujos, camisas cerzidas, terno cor de vinho e botinas enormes, porque lhes saíram calos e joanetes nos pés de tanto caminhar, de tanto caminhar solicitando, de porta em porta, trabalho para ganhar a vida?

Minha alma tremeu. O que fazer, o que eu poderia fazer para triunfar, para ter dinheiro, muito dinheiro? Certamente não ia encontrar na rua uma pasta com dez mil pesos. O que fazer, então? E não sabendo se poderia assassinar alguém, se ao menos tivesse tido algum parente, rico, a quem assassinar e me arranjar, compreendi que nunca me resignaria à vida de penúria que a maioria dos homens aguenta.

De repente se fez tão evidente em minha consciência a certeza de que esse anseio de distinção me acompanharia pelo mundo que eu disse a mim mesmo: "Não me importa não ter um terno, nem dinheiro, nem nada", e quase com vergonha, confessei para mim mesmo: "O que eu quero é ser admirado pelos demais, elogiado pelos demais. Que me importa ser um perdulário! Isso não me importa... Mas esta vida medíocre... ser esquecido quando morrer, isto sim que é horrível. Ah, se os meus inventos dessem resultado! No entanto, algum dia eu morrerei e os trens continuarão caminhando e as pessoas irão ao teatro como sempre, e eu estarei morto, bem morto... morto para toda a vida".

Um calafrio eriçou os pelos dos meus braços. Diante do horizonte percorrido por navios de nuvens, a convicção de uma morte eterna varava a minha carne. Apressado, pegando o prato, fui para a pia.

Ah, se se pudesse descobrir alguma coisa para não morrer nunca, viver nem que fossem quinhentos anos!

O cabo que dirigia os exercícios de instrução me chamou:

— Depressa, meu primeiro cabo.

Durante o exercício, por intermédio do sargento, eu tinha solicitado permissão ao capitão Márquez, com o objetivo de lhe pedir conselho sobre um morteiro de trincheira que eu tinha inventado, para lançar projéteis que permitissem destruir uma maior quantidade de homens do que os "shrapnels" com seus explosivos.

Sabendo da minha vocação, o capitão Márquez costumava me escutar e, enquanto eu falava esquematizando na lousa, ele, atrás das lentes dos seus óculos, me olhava sorrindo com um sorriso de curiosidade, de deboche e de indulgência.

Deixei o prato na sacola de serviço e rapidamente me dirigi ao clube de oficiais.

Agora eu estava no seu quarto. Junto à parede, um leito de campana, uma estante com revistas e cursos de ciências militares e, pregado na parede, um quadro negro com sua caixinha cheia de giz pendurada num canto.

O capitão me disse:

— Vamos ver, vamos ver como é esse canhão de trincheira. Desenhe ele.

Peguei um giz e fiz um croqui.

Comecei.

— O senhor sabe, meu capitão, o inconveniente dos grandes calibres são o peso e o tamanho da peça.

— Bem, e...

— Eu imagino um canhão desta forma: o projétil de grosso calibre estaria perfurado no centro e, em vez de estar colocado num tubo, que é o canhão, seria introduzido na barra de ferro, como um anel no dedo, indo se encaixar na câmara onde explodiria o cartucho. A vantagem do meu sistema é que, sem aumentar o peso do canhão, se aumentaria enormemente o calibre do projétil e a carga explosiva que pode levar.

— Entendo... Está bem... Mas o senhor deve saber isto: de acordo com o calibre dos projéteis, seu peso e o tipo do grão de pólvora, calcula-se a espessura, diâmetro e longitude do canhão. Quer dizer que, à medida que a pólvora vai se inflamando, o projétil, por pressão dos gases, avança no canhão, de forma que quando chegar à boca deste, o explosivo renderá seu máximo de energia. No seu invento acontece exatamente o contrário. Efetua-se a explosão e o projétil desliza pela barra, e os gases, em vez de seguir pressionando-o, perdem-se no ar, ou seja, se a explosão tem que continuar atuando durante um segundo de tempo, o senhor o reduz a um décimo ou a um milésimo. É o contrário. Ao maior diâmetro, menos uniformidade, mais resistência, a menos que o senhor tenha descoberto uma balística nova, o que é meio difícil.

E terminou, acrescentando:

— O senhor tem que estudar, estudar muito, se quiser ser alguém na vida.

Eu pensava, sem me atrever a dizer: "Estudar como, se eu tenho que aprender um ofício pra ganhar a vida".

Prosseguia:

— Estude muita matemática. O que lhe falta é a base; discipline o pensamento, aplique-o ao estudo das pequenas coisas práticas e, então, poderá ter êxito em suas iniciativas.

— O senhor acha, meu capitão?

— Acho sim, Astier. O senhor tem condições inegáveis, mas estude, o senhor acredita que porque pensa já é o bastante, e pensar não é nada mais que um início.

E eu saía dali estremecido de gratidão para com esse homem que conhecia sério e melancólico e que, apesar da disciplina, tinha a misericórdia de me alentar.

***

Eram duas da tarde do quarto dia do meu ingresso na Escola Militar de Aviação.

Eu estava tomando mate na companhia de um ruivo chamado Walter, que com entusiasmo comovedor me falava de uma chácara que seu pai, um alemão, tinha nas proximidades de Azul.

Dizia o ruivo com a boca cheia de pão:

— Todos os invernos nós abatemos três porcos pra nossa casa. O resto é vendido. Assim, à tarde, quando fazia frio, eu entrava e cortava um pedaço de pão, depois, com o Ford, ia dar umas voltas...

— Drodman, venha — gritou o sargento.

Parado diante da cavalariça ele me observava com uma seriedade inusitada.

— Às suas ordens, meu sargento.

— Se vista de civil e me entregue o uniforme, porque o senhor está de baixa.

Olhei-o atento.

— De baixa?

— É, de baixa.

— De baixa, meu sargento? — eu tremia todo ao lhe falar.

O suboficial me olhou penalizado. Era um provinciano de procedimentos corretos e, fazia poucos dias, tinha recebido o brevê de aviador.

— Mas se eu não cometi nenhuma falta, meu sargento, o senhor bem sabe disso.

— Claro que sei... Mas o que é que eu vou fazer... a ordem foi dada pelo capitão Márquez.

— O capitão Márquez? Mas isso é um absurdo... o capitão Márquez não pode dar essa ordem... Será que não há algum engano?

— É isso mesmo, me disseram precisamente Sílvio Drodman Astier... Aqui não há outro Drodman Astier além do senhor, acredito eu, não é mesmo? Então é o senhor, não há o que discutir.

— Mas isso é uma injustiça, meu sargento.

O homem franziu o cenho e, em voz baixa, confidenciou:

— O que você quer que eu faça? Claro que não está certo... eu acho, não, não sei... me parece que o capitão tem um recomendado... assim me disseram, não sei se é verdade, e como vocês ainda não assinaram contrato, claro, tiram e põem quem eles querem. Se tivesse contrato assinado não teria jeito, mas como não está assinado, é preciso aguentar.

Eu disse, suplicante:

— E o senhor, meu sargento, não pode fazer nada?

— E o que você quer que eu faça, meu amigo? O que você quer que eu faça, se eu sou igual a você? A gente vê cada coisa!

O homem tinha pena de mim.

Agradeci-lhe e me retirei com lágrimas nos olhos. No almoxarifado me informaram:

— A ordem é do capitão Márquez.

— E não se pode vê-lo?

— O capitão não está.
— E o capitão Bossi?
— O capitão Bossi não está.

No caminho, o sol de inverno tingia de uma lúgubre vermelhidão o tronco dos eucaliptos.

Eu caminhava em direção à estação.

De repente vi, no caminho, o diretor da Escola.

Era um homem rechonchudo, de cara bochechuda e rosada como a de um lavrador. O vento mexia a capa sobre as suas costas e, folheando um in-fólio, respondia brevemente ao grupo de oficiais que, em círculo, o rodeava.

Alguém deve ter lhe comunicado o sucedido, pois o tenente-coronel levantou a cabeça dos papéis, me procurou com o olhar e, me encontrando, gritou, com voz destemperada:

— Olha, amigo, o capitão Márquez me falou do senhor. Seu lugar é numa escola industrial. Aqui a gente não precisa de pessoas inteligentes, mas de brutos para o trabalho.

***

Agora eu atravessava as ruas de Buenos Aires com esses gritos adentrados na alma.

— Quando minha mãe souber! — Involuntariamente, eu a imaginava dizendo, com um tom cansado: "Sílvio... você não tem pena de nós... não trabalha... não quer fazer nada. Olha só as minhas botinas, olha os vestidos da Lila, todos remendados. O que é que você está pensando, que não trabalha?".

Um calor de febre me subia para as têmporas; cheirava a suor, tinha a sensação de que o meu rosto tinha se crispado de dor, se deformado de dor, uma profundíssima e clamorosa dor.

Rodava absorto, sem rumo. Por momentos, os ímpetos de cólera entorpeciam meus nervos, eu queria gritar, lutar a socos com a cidade espantosamente surda... e, subitamente, tudo se quebrava dentro de mim, tudo apregoava nos meus ouvidos a minha absoluta inutilidade.

— O que será de mim?

Nesse instante, sobre a alma, o corpo me pesava como uma roupa grande demais e molhada.

— O que será de mim?

Agora, quando eu for para casa, minha mãe talvez não me diga nada. Com um gesto de atribulação abrirá o baú amarelo, tirará o colchão, colocará os lençóis limpos na cama e não dirá nada. Lila, em silêncio, vai me olhar como que me recriminando: "O que você fez, Sílvio?", e não acrescentará nada.

— O que será de mim?

Ah, faz-se mister saber as misérias desta vida porca, comer o fígado que no açougue se pede para o gato, e se deitar cedo para não gastar o querosene da lamparina!

Outra vez me sobreveio o semblante da minha mãe, relaxado em rugas por causa de sua velha dor; pensei na irmã que jamais proferia uma queixa de desgosto e, submissa ao destino amargo, empalidecia sobre os seus livros de estudo, e a alma me caiu por entre as mãos. Eu me senti impelido a parar os transeuntes, a pegar as pessoas que passavam pelas mangas do paletó e lhes dizer: "Me expulsaram do exército, assim, sem mais nem menos, vocês compreendem? Eu acreditava poder trabalhar... trabalhar nos motores, montar aeroplanos... e me expulsaram assim... sem mais nem menos".

Eu dizia a mim mesmo: "Lila, ah! Vocês não a conhecem, Lila é minha irmã; eu pensava, sabia que algum dia nós poderíamos ir ao cinematógrafo; em vez de comer fígado, comeríamos sopa com verduras, nós sairíamos aos domingos, eu a levaria a Palermo. Mas agora... Não é uma injustiça, digam vocês, não é uma injustiça? Eu sou um garoto. Tenho dezesseis anos. Por que me expulsam? Eu ia trabalhar feito qualquer um, e agora... O que é que minha mãe vai dizer? O que é que Lila vai dizer? Ah, se vocês a conhecessem! Ela é séria: na escola Normal tira as melhores notas. Com o que eu ganhasse, comeriam melhor, em casa. E agora, o que é que eu vou fazer?...".

***

Noite já, na rua Lavalle, perto do Palácio da Justiça, eu parei diante de um cartaz:

QUARTOS MOBILIADOS POR UM PESO.

Entrei no saguão, iluminado debilmente por uma lamparina elétrica, e, numa guarita de madeira, paguei a importância. O dono, homem gordo, em mangas de camiseta apesar do frio, me conduziu a um pátio cheio de vasos pintados de verde e, me apontando para o empregado, gritou:

— Félix, este aqui no 24.

Olhei para cima. Aquele pátio era o fundo de um cubo, cujos lados eram formados pelas paredes de cinco andares de quartos com janelas cobertas de cortinas. Através de alguns vidros viam-se as paredes iluminadas, outras estavam escuras e, não sei de onde, partia um alvoroço de mulheres, risos reprimidos e um barulho de panelas.

Subíamos por uma escada em caracol. O empregado, um malandro furado de varíola com um avental azul, me precedia, arrastando o espanador, cujas penas desfiadas varriam o chão.

Finalmente, chegamos. O corredor, como o saguão, estava fracamente iluminado.

O empregado abriu a porta e acendeu a luz. Eu lhe disse:
— Me acorde amanhã às cinco, não se esqueça.
— Bom, até amanhã.

Extenuado pela dor e pelas ruminações, eu me deixei cair num leito.

O quarto: duas camas de ferro cobertas por colchas azuis, com pequenas borlas brancas, uma pia de ferro envernizado e uma mesinha imitando mogno. Num canto, o espelho do guarda-roupa refletia o painel da porta.

Um perfume azedo flutuava no ar confinado entre as quatro paredes brancas.

Virei o rosto em direção à parede. Com lápis, alguém que tinha dormido ali havia rabiscado um desenho obsceno.

Pensei: "Amanhã irei pra Europa, pode ser...", e cobrindo a cabeça com o travesseiro, rendido pela fadiga, dormi. Foi um sono profundíssimo, através de cuja escuridão deslizou esta alucinação:

Numa planície de asfalto, manchas de óleo violeta brilhavam tristemente sob um céu vermelho-escuro. No zênite, outro pedaço da altura era de um azul puríssimo. Dispersos sem ordem, cubos de concreto elevavam-se por todos os lugares.

Uns eram pequenos como dados; outros, altos e volumosos como arranha-céus. De repente, do horizonte em direção ao zênite, espichou-se um braço horrivelmente magro. Era amarelo como um cabo de vassoura, os dedos quadrados se esticavam, unidos.

Recuei espantado, mas o braço horrivelmente magro se espichava e eu, esquivando-o, me apequenava, tropeçava nos cubos de concreto, me escondia atrás deles; espiando, enfiava o rosto por uma aresta e o braço delgado, como o cabo de uma vassoura, com os dedos entorpecidos, estava ali, sobre a minha cabeça, tocando o zênite.

No horizonte, a claridade tinha minguado, ficando fina como o fio de uma espada.

Ali apareceu o rosto.

Era um pedaço de testa avultada, uma sobrancelha hirsuta e depois um pedaço de mandíbula. Sob a pálpebra enrugada estava o olho, um olho de louco. A córnea imensa, a pupila redonda e de águas convulsas. A pálpebra deu uma piscada triste...

— Senhor, hã, diga, senhor...
Eu me ergui, sobressaltado.
— Dormiu vestido, senhor.
Com dureza, olhei para o meu interlocutor.
— Verdade, tem razão.
O rapaz se afastou uns passos.
— Como vamos ser companheiros de quarto esta noite, me permiti acordá-lo. Ficou chateado?
— Não, por quê? — E depois de esfregar os olhos, me erguendo, sentei na beira do leito. Observei-o:
A aba do chapéu-coco fazia sombra na testa e nos olhos. Seu olhar era falso, e o brilho aveludado dele parecia tocar a própria epiderme. Tinha uma cicatriz junto ao lábio, perto do queixo, e seus lábios intumescidos, vermelhos demais, sorriam em sua cara branca. O sobretudo exageradamente justo modelava as formas de seu pequeno corpo.
Bruscamente, eu lhe perguntei:
— Que horas são?
Com urgência, pegou seu relógio de ouro.
— Quinze pra meio-dia.
Sonolento, eu vacilava ali. Agora olhava com desalento as minhas botinas opacas, onde os fios de um remendo tinham arrebentado, deixando ver, pela fenda, um pedaço de meia.
Enquanto isso, o adolescente pendurou seu chapéu no prego e, com um gesto de fadiga, jogou as luvas de couro em cima de uma cadeira. Voltei a olhá-lo de esguelha, mas afastei a vista dele porque vi que ele me observava.
Ele se vestia irrepreensivelmente, e desde o rígido colarinho engomado até as botinas de verniz com polainas cor de creme, reconhecia-se nele o sujeito abundante em dinheiro.
No entanto, não sei por que me ocorreu: "Deve ter os pés sujos".
Sorrindo com um sorriso mentiroso, virou o rosto e uma mecha de sua cabeleira se esparramou pela face até lhe cobrir o lóbulo de uma orelha. Com voz suave e me examinando de soslaio com seu olhar pesado, ele disse:
— Parece que o senhor está cansado, não?

— É, um pouco.

Tirou o sobretudo cujo forro de seda brilhou nas dobras. Uma fragrância gordurenta se soltava de sua roupa preta, e repentinamente inquieto, eu o examinei; depois, sem consciência do que dizia, perguntei:

— A sua roupa não está suja?

O outro me entendeu no ato, mas atinou a resposta:

— Eu fiz mal em te acordar assim?

— Não, por que ia me fazer mal?

— Veja bem, jovem. Para alguns, faz mal. No internato, eu tinha um amiguinho que quando era acordado bruscamente tinha um ataque de epilepsia.

— Um excesso de sensibilidade.

— Sensibilidade de mulher, não lhe parece, jovem?

— Então seu amiguinho era um hiperestésico? Mas veja, meu chapa, faça-me o favor, abra essa porta, porque eu estou ficando asfixiado. Que entre um pouco de ar. Isso aqui está com cheiro de roupa suja.

O intruso franziu ligeiramente o cenho... Dirigiu-se à porta, mas antes de chegar a ela uns cartões caíram do bolso do seu paletó, no chão.

Apressado, inclinou-se para apanhá-los, e eu me aproximei dele. Então vi: eram todas fotografias de homem e de mulher, nas distintas formas da cópula.

O rosto do desconhecido estava purpúreo. Balbuciou:

— Não sei como estão em meu poder, eram de um amigo.

Não lhe respondi.

De pé, perto dele, eu olhava um grupo com terrível obstinação. Ele disse não sei que coisas. Eu não o escutava. Olhava alucinado uma fotografia terrível. Uma mulher prostrada diante de um carregador ignóbil, com gorro de viseira de tule e um elástico preto enrolado sobre o ventre.

Virei o rosto para o mancebo.

Agora ele estava pálido, as vorazes pupilas dilatadíssimas, e nas enegrecidas pálpebras, reluzente, uma lágrima. Sua mão caiu sobre o meu braço.

— Me deixa aqui, não me expulse.

— Então o senhor... você é...

Me arrastando, ele me empurrou para a beira da cama e se sentou aos meus pés.

— É, sou assim, me vem em ondas.

Sua mão se apoiava no meu joelho.

— Me vem em ondas.

Era profunda e amarga a voz do adolescente.

— É, sou assim, me vem em ondas. — Sua voz revelava uma vergonha terrível. Depois, sua mão pegou a minha e a pôs de lado sobre sua garganta, para apertá-la contra o queixo. Falou em voz muito baixa, quase um sopro.

— Ah! Se eu tivesse nascido mulher. Por que será que esta vida é assim?

Nas têmporas, as minhas veias batiam terrivelmente.

Ele me perguntou:

— Como você se chama?

— Sílvio.

— Me diz, Sílvio, você não me despreza?... Não... você não tem cara... quantos anos você tem?

Rouco, eu lhe respondi:

— Dezesseis anos... mas você está tremendo?...

— Se... você quiser... vamos...

De repente eu vi, é, eu vi... No rosto congestionado seus lábios sorriam... seus olhos também sorriam com loucura... e, subitamente, na precipitada queda de suas roupas, vi ondular a pontinha de uma camisa suja sobre a cinta cor de carne que deixavam livres, nas coxas, longas meias de mulher.

Lentamente, como numa parede embranquecida pela lua, passou pelos meus olhos o semblante de imploração da menina imóvel junto à grade preta. Uma ideia fria — se ela soubesse o que estou fazendo neste momento — me cruzou a vida.

Mais tarde, eu me lembraria sempre daquele instante.

Recuei arisco e, olhando-o, eu disse devagar:

— Vai embora.

— O quê?

Mais baixo ainda, repeti:

— Vai embora.

— Mas...

— Vai embora, sua besta... O que é que você fez da sua vida?... da sua vida?...

— Não... não seja assim...

— Sua besta... O que é que você fez da sua vida? — E eu não atinava a lhe dizer nesse instante todas as coisas elevadas, lindas e nobres que estavam em mim, e que instintivamente rechaçavam sua chaga.

O mancebo recuou. Encolhia os lábios mostrando os caninos, em seguida submergiu no leito, e enquanto eu, vestido, entrava na minha cama, ele, com os braços cruzados debaixo da nuca, começou a cantar:

Arroz com leite
quero me casar.

Eu o olhei obliquamente, depois, sem cólera, com uma serenidade que me assombrava, eu lhe disse:

— Se você não calar a boca, eu te arrebento o nariz.

— O quê?

— É isso mesmo, eu te arrebento o nariz.

Então, ele virou o rosto para a parede. Uma angústia horrível pesou no ar confinado. Eu sentia a firmeza com que seu pensamento espantoso atravessava o silêncio. E dele eu só via o triângulo de cabelo preto recortando a nuca, e depois o pescoço branco, redondo, sem acusar tentações.

Ele não se movia, mas a firmeza de seu pensamento se achatava... se modelava em mim... e eu, aparvalhado, permanecia rígido, caído no fundo de uma angústia que ia se solidificando em conformidade. E, de vez em quando, eu o espiava de rabo de olho.

De repente, sua colcha se moveu e ficaram a descoberto seus ombros, ombros leitosos que surgiam do arco de renda que, sobre as clavículas, lhe fazia a camisa de batista...

Um grito suplicante de mulher explodiu no corredor para o qual dava o meu quarto:

— Não... não... por favor... — E o surdo choque de um corpo sobre a parede primeiro arqueou minha alma de espanto, pensei um instante, depois pulei do leito e abri a porta no preciso instante em que a porta do quarto da frente se fechava.

Eu me apoiei no batente. Do cômodo vizinho, não surgia nada. Me virei e, deixando a porta aberta, sem olhar para o outro, apaguei a luz e me deitei...

Em mim, havia agora uma forte segurança. Acendi um cigarro e disse para o meu companheiro de albergue:

— Ei, quem te ensinou essas porcarias?

— Não quero falar com você... você é mau...

Comecei a rir. Em seguida, grave, continuei:

— Sério, meu chapa, sabe que você é um sujeito estranho? Como você é estranho! Na sua família, o que dizem de você? E esta casa? Você prestou atenção nesta casa?

— Você é mau.

— E você um santo, não?

— Não, mas sigo o meu destino... porque eu não era assim antes, sabe? Eu não era assim...

— E quem te fez assim, então?

— O meu professor, porque sabe, o meu pai é rico. Depois que eu passei no quarto ano, procuraram um professor pra que me preparasse pro primeiro ano do colégio Nacional. Parecia um homem sério. Usava barba, uma barba loira pontiaguda e óculos. Tinha os olhos quase verdes de tão azuis. Eu estou te contando tudo isso porque...

— E daí?

— Eu não era assim antes... mas ele me fez assim... Depois, quando ele ia embora, eu saía pra procurá-lo na casa dele. Eu tinha catorze anos naquela época. Morava num apartamento da rua Juncal. Era um talento. Olha que tinha uma biblioteca grande como estas quatro paredes juntas. Também era um demônio, mas como gostava de mim! Eu ia à casa dele, um empregado me fazia entrar no dormitório... olha que tinha me comprado todas as roupas de seda e perfumadas de baunilha. Eu me fantasiava de mulher.

— Como ele se chamava?

— Pra que você quer saber o nome... ele tinha duas cadeiras no Nacional e se matou, se enforcando...

— Se enforcando?...

— É, se enforcou na latrina de um café... mas como você é bobo! Ha-ha... não acredite em mim... é mentira... Mas que a história é bonita é, não é mesmo?

Irritado, eu lhe disse:

— Olha, meu chapa, me deixa tranquilo; eu vou dormir.

— Não seja mau, me escuta... como você é volúvel... não vá acreditar nisso de agora há pouco... eu estava te dizendo a pura verdade... verdade... o professor se chamava Próspero.

— E você continuou assim até agora?

— E o que é que eu ia fazer?

— Como o que ia fazer? Por que não vai ver algum médico... algum especialista em doenças nervosas? E tem mais: por que você é tão sujo?

— Mas se está na moda, muita gente gosta de roupa suja.

— Você é um degenerado.

— É, tem razão... sou biruta... mas o que é que você quer? Olha... às vezes estou no meu quarto, anoitece, pode acreditar... é como uma onda... Sinto o cheiro dos quartos mobiliados... vejo a luz acesa e então não posso... é como se um vento me arrastasse e saio... vejo os donos de quartos mobiliados.

— Os donos, pra quê?

— Claro, isso de ir procurar, é triste; nós, mulheres, nos acertamos com dois ou três donos e, assim que um menino que vale a pena cai no quarto, eles nos avisam por telefone.

Depois de um longo silêncio, sua voz se tornou mais vigorosa e séria. Eu diria que falava para si mesmo, com toda sua atribulação:

— Por que não nasci mulher?... Em vez de ser um degenerado... é, um degenerado... teria sido a mocinha da minha casa, teria me casado com algum homem bom e teria cuidado dele... e teria gostado dele... em vez de... assim... rodar de catre em catre e os desgostos... esses vagabundos de casaca branca e sapatos de verniz que te conhecem e te seguem... e até as meias te roubam. Ah, se eu encontrasse algum que me quisesse pra sempre, sempre.

— Mas você está louco! Ainda tem essas ilusões?

— O que é que você sabe!... eu tenho um amiguinho que faz três anos que vive com um empregado do Banco Hipotecário... e como gosta dele...

— Mas isso é uma bestialidade...

— O que é que você sabe!... se eu pudesse, daria todo o meu dinheiro pra ser mulher... uma mulherzinha pobre... e não ligaria de ficar prenha e de lavar a roupa, contanto que ele gostasse de mim... e trabalhasse pra mim...

Escutando-o, eu estava atônito.

Quem era esse pobre ser humano que pronunciava palavras tão terríveis e novas?... Que não pedia nada mais do que um pouco de amor?

Eu me levantei para acariciar sua testa.

— Não me toque — vociferou —, não me toque. Meu coração está arrebentando. Vá embora.

Agora eu estava no meu leito, imóvel, temeroso de que um ruído meu o despertasse para a morte.

O tempo transcorria com lentidão, e a minha consciência descentrada de estranheza e fadiga apanhava no espaço a silenciosa dor da espécie.

Ainda acreditava sentir o som de suas palavras... no negrume, sua carinha contraída de dor desenhava um esgar de angústia, e com a boca ressecada de febre ele exclamava no escuro:

— E eu não ligaria de ficar "prenha" e de lavar roupa, contanto que ele gostasse de mim e trabalhasse pra mim.

Ficar "prenha". Quão suave se fazia essa palavra em seus lábios!

— Ficar prenha.

Então todo o seu mísero corpo se deformaria, mas "ela", gloriosa daquele amor tão profundo, caminharia entre as pessoas e não as veria, vendo o semblante daquele a quem se submetia tão submissa.

Tribulação humana! Quantas palavras tristes ainda estavam escondidas na entranha do homem!

O barulho de uma porta fechada violentamente me acordou. Acendi apressadamente o abajur. O adolescente tinha desaparecido, e sua cama não conservava a marca de nenhuma desordem.

Sobre o canto da mesa, estendidas, havia duas notas de cinco pesos. Peguei-as com avidez. No espelho, refletia-se o meu semblante empalidecido, a córnea sulcada de fios de sangue e as mechas de cabelo caídas na testa.

Num sussurro, uma voz de mulher implorou no corredor:

— Se apressa, pelo amor de Deus... que se ficam sabendo...

Distintamente, ressoou o toque de uma campainha elétrica.

Abri a janela que dava para o pátio. Uma rajada de ar molhado me estremeceu. Ainda era de noite, mas lá embaixo, no pátio, dois criados se moviam em torno de uma porta iluminada.

Saí.

Já na rua, meu nervosismo se dissipou. Entrei numa leiteria e tomei um café. Todas as mesas estavam ocupadas por vendedores de jornais e cocheiros. No relógio pendurado sobre uma pueril cena bucólica, soaram cinco badaladas.

De repente lembrei que toda essa gente tinha lar, vi o semblante da minha irmã e, desesperado, saí para a rua.

Outra vez se amontoaram em meu espírito as tribulações da vida, as imagens que eu não queria ver nem recordar, e rangendo os dentes, caminhava pelas calçadas escuras, ruas de comércios defendidos por portas de aço e tábuas de madeira.

Atrás dessas portas havia dinheiro, os donos desses comércios deviam estar dormindo tranquilamente em seus luxuosos dormitórios, e eu, feito um cachorro, andava a esmo pela cidade.

Estremecido de ódio, acendi um cigarro e, malignamente, joguei o fósforo aceso em cima de um vulto humano que dormia encolhido num pórtico; uma pequena chama ondulou nos andrajos, de repente o miserável se ergueu disforme como as trevas e eu comecei a correr, ameaçado por seu enorme punho.

***

Num bricabraque do Paseo de Julio, comprei um revólver, carreguei-o com cinco projéteis e depois, pulando num bonde, me dirigi para os diques.

Tratando de realizar o meu desejo de ir para a Europa, subindo apressado nas escadinhas de corda dos transatlânticos, me oferecia, aos oficiais que podia ver, para qualquer trabalho durante a travessia. Percorria corredores, entrava em estreitos camarotes lotados de malas, com sextantes pendurados nas paredes, trocava palavras com homens uniformizados que, virando-se bruscamente quando eu lhes falava, assim que compreendiam a minha solicitação, me despediam com um gesto mal-humorado.

Por cima das passarelas se via a água tocando o declive do céu e os velames das barcas afastadíssimas.

Caminhava alucinado, aturdido pelo incessante vaivém, pelo ranger das gruas, pelos assobios e pelas vozes dos estivadores descarregando grandes fardos.

Experimentava a sensação de me encontrar muito afastado da minha casa, tão distante que, mesmo que me desdissesse em minha afirmação, já não poderia mais voltar até ela.

Então eu parava para conversar com os pilotos das balsas que caçoavam de meus oferecimentos; às vezes, das enfumaçadas cozinhas apareciam para me responder rostos de expressões tão bestiais que, temeroso, eu me afastava sem responder, e pela beirada dos diques caminhava, fixos os olhos nas águas violeta e oleosas que, com ruído gutural, lambiam o granito. Estava cansado. A visão das enormes chaminés oblíquas, o desencadear das correntes nas maromas, os gritos das manobras, a solidão dos esbeltos mastros, a atenção ora dividida num semblante que aparecia numa claraboia e numa carga suspensa por um guindaste sobre a minha cabeça, esse movimento ruidoso composto pelo entrecruzamento de todas as vozes, assobios e batidas, me mostrava tão pequeno diante da vida que eu não atinava a escolher uma esperança.

Uma trepidação metálica estremecia o ar da ribeira.

Das ruas de sombra formadas pelos altos muros dos galpões passava para a terrível claridade do sol, de vez em quando um empurrão me jogava para um lado, os galhardetes multicoloridos dos navios se encrespavam com o vento; mais abaixo, entre a muralha negra e o casco vermelho de um transatlântico, martelavam incessantemente os calafetadores, e aquela demonstração gigantesca de poder e riqueza, de mercadorias apinhadas e de animais esperneando suspensos no ar, enchia-me de angústia.

E cheguei à inevitável conclusão: "É inútil, tenho que me matar".

Eu tinha previsto isso vagamente.

Já em outras circunstâncias a teatralidade que secunda com luto o cadafalso de um suicida tinha me seduzido com seu prestígio.

Eu invejava os cadáveres em torno de cujos féretros soluçavam as mulheres formosas, e ao vê-las inclinadas na beira dos ataúdes, minha masculinidade se intimidava dolorosamente.

Então teria gostado de ocupar o suntuoso leito dos mortos, como eles ser enfeitado de flores e embelezado pelo suave resplendor dos círios, colher nos meus olhos e na testa as lágrimas que vertem enlutadas donzelas.

Esse pensamento não era novo para mim, mas nesse instante me contagiou esta certeza: "Eu não hei de morrer... mas tenho que me matar", e antes que pudesse reagir, a singularidade dessa ideia absurda se apossou vorazmente da minha vontade.

"Não hei de morrer, não... não... eu não posso morrer... mas tenho que me matar."

De onde provinha essa certeza ilógica que depois guiou todos os atos da minha vida?

Minha mente se desanuviou de sensações secundárias; eu era só uma batida de coração, um olho lúcido e aberto ao sereníssimo interior.

"Não hei de morrer, mas tenho que me matar."

Me aproximei de um galpão de zinco. Não longe, um bando de peões descarregava sacos de um vagão, e naquele lugar o paralelepípedo estava coberto por um tapete amarelo de milho.

Pensei: "Tem que ser aqui", e, ao tirar o revólver do bolso, subitamente, discerni: "Não nas têmporas, porque enfearia meu rosto, mas no coração".

Uma segurança inquebrantável guiava os movimentos do meu braço.

Me perguntei: "Onde será que fica o coração?".

As opacas batidas internas me indicaram sua posição.

Examinei o tambor. Carregava cinco projéteis. Depois apoiei o cano do revólver no paletó.

Um ligeiro desvanecimento fez meus joelhos vacilarem, e me apoiei no muro do galpão.

Meus olhos se detiveram na pista amarela de milho, e apertei o gatilho, lentamente, pensando: "Não hei de morrer", e o percussor caiu... Mas nesse brevíssimo intervalo que separava o percussor do fulminante, senti que o meu espírito se dilatava num espaço de trevas.

Caí por terra.

***

Quando acordei na cama do meu quarto, na parede branca um raio de sol desenhava os contornos das sanefas que, no cômodo, não se via atrás dos vidros.

Sentada na beira do leito, estava a minha mãe.

Inclinava a cabeça na minha direção. Tinha os cílios molhados, e seu rosto chupado e enrugado parecia esculpido num mármore de tormento.

Sua voz tremia:

— Por que você fez isso?... Ah! Por que você não me contou tudo? Por que você fez isso, Sílvio?

Eu olhei para ela. Um terrível esgar de misericórdia e remorsos contraía o meu semblante.

— Por que você não veio?... Eu não teria te dito nada. É o destino, Sílvio. O que seria de mim se o revólver tivesse disparado? Você agora estaria aqui com a tua pobre carinha fria... Ah, Sílvio, Sílvio! — e pela olheira acarminada descia uma pesada lágrima.

Senti que anoitecia em meu espírito e apoiei a testa em seu regaço, enquanto achava estar acordando numa delegacia, para distinguir, entre a neblina da lembrança, um círculo de homens uniformizados que agitavam braços em torno de mim.

4. JUDAS ISCARIOTES

Monti era um homem ativo e nobre, excitável como um espadachim, enxuto como um fidalgo. Seu olhar penetrante não desmentia o irônico sorriso do lábio, fino, sombreado por sedosas fibras de bigode preto. Quando se encolerizava, as maçãs do rosto se avermelhavam e seu lábio tremia até o queixo afundado.

O escritório e depósito de papel do seu negócio eram três cômodos que alugava de um judeu peleteiro, e separado dos fedorentos fundos da loja do hebreu por um corredor sempre cheio de criancinhas ruivas e sebentas.

O primeiro quarto era algo assim como escritório e exposição de papel fino. Suas janelas davam para a rua Rivadavia e, ao passar, os transeuntes viam corretamente alinhadas desde a calçada, num aposento de pinho, resmas de papel salmão, verde, azul e vermelho, rolos de papel impermeável, rajado e duro, blocos de papel de seda e de papel-manteiga, latas de etiquetas com flores policromadas, maços de papel florido, de superfície rugosa e com estampas de vasos descorados.

Na parede azulada, uma estampa do golfo de Nápoles realçava o esmalte azul do mar imóvel na costa parda, semeada de quadradinhos brancos: as casas.

Ali, quando Monti estava de bom humor, cantava com límpida e entoada voz, "*A mare chiario che se de una puesta*".

Escutá-lo me agradava. Ele o fazia com sentimento; compreendia-se que cantando evocava as paragens e os momentos de devaneio transcorridos em sua pátria.

Quando Monti me recebeu como vendedor por comissão, entregando-me um mostruário de papéis classificados por sua qualidade e preço, disse:

— Bom, agora vá vender. Cada quilo de papel são três centavos de comissão. Princípio duro!

Lembro que durante uma semana caminhei seis horas por dia, inutilmente. Aquilo era inverossímil. Não vendi um quilo de papel no trajeto de quarenta e cinco léguas. Desesperado, eu entrava em quitandas, em lojas e armazéns, rondava os mercados, esperava em antessalas por farmacêuticos e açougueiros, mas inutilmente.

Uns me mandavam o mais cortesmente possível para o diabo, outros me diziam para passar na próxima semana, outros arguiam: "Eu já tenho um vendedor que há tempos me serve", outros não me atendiam, alguns opinavam que a minha mercadoria era excessivamente cara, vários, que era comum demais, e, alguns raros, que era fina demais.

Ao meio-dia, chegando ao escritório de Monti, eu me deixava cair numa pilastra formada de resmas de papel e permanecia em silêncio, estonteado de fadiga e desalento.

Mário, outro vendedor, um folgado de dezesseis anos, alto como um álamo, todo pernas e braços, caçoava das minhas estéreis diligências.

Era um sem-vergonha, o tal Mário! Parecia um poste de telégrafo rematando numa cabeça pequena, coberta por um fabuloso bosque de cabelos crespos. Caminhava com largas passadas, com uma pasta de couro vermelho debaixo do braço. Quando chegava ao escritório, atirava a pasta num canto e tirava o chapéu, um chapéu-coco redondo, tão untado de gordura que com ele se poderia lubrificar o eixo de um carro. Vendia endiabradamente e sempre estava alegre.

Folheando uma caderneta sebenta ele lia em voz alta a longa lista de pedidos recolhidos e, dilatando sua boca de baleote, ria até mostrar o fundo vermelho da garganta e duas fileiras de dentes salientes.

Para simular que a alegria fazia doer seu estômago, segurava-o com ambas as mãos.

Por cima do escaninho da escrivaninha, Monti nos observava, sorrindo, irônico. Abarcava sua ampla testa com a mão, esfregava os olhos como que dissipando preocupações e nos dizia depois:

— Não é pra desanimar, diávolo. Quer ser inventor e não sabe vender um quilo de papel. — Em seguida indicava: — É preciso ser perseverante. Todo tipo de comércio é assim. Até que não conheçam a gente, não querem nem saber. Num negócio lhe dizem que já têm. Não importa. É preciso voltar até que o comerciante se habitue a vê-lo e acabe por comprar. E sempre "gentile", porque é assim. — E mudando de conversa, acrescentava: — Venha tomar café esta tarde. Prosearemos um pouco.

***

Certa noite, na rua Rojas, entrei numa farmácia. O farmacêutico, sujeito bilioso furado de varíola, examinou a minha mercadoria, depois falou e me pareceu um anjo pelo que disse:

— Me mande cinco quilos de papel de seda sortido, vinte quilos de papel liso especial e me faça vinte mil envelopes, cada cinco mil com este impresso: "Ácido bórico", "Magnésia calcinada", "Cremor tártaro", "Sabão de Campeche". O importante, isso sim: o papel tem que estar aqui na segunda bem cedo.

Estremecido de alegria, anotei o pedido, cumprimentei com uma reverência o seráfico farmacêutico e me perdi pelas ruas. Era a primeira venda. Havia ganhado quinze pesos de comissão.

Entrei no mercado de Caballito, esse mercado que sempre me lembrava os mercados dos romances de Carolina Invernizio. Um obeso salsicheiro com cara de vaca, a quem eu tinha incomodado inutilmente outras vezes, gritou ao mesmo tempo que hasteava sua faca sobre um pedaço de toucinho:

— Meu chapa, me mande duzentos quilos de corte especial, mas amanhã bem cedo, sem falta, e a trinta e um.

Havia ganhado quatro pesos, apesar de rebaixar um centavo por quilo.

Infinita alegria, dionisíaca alegria inverossímil, inchava meu espírito até as esferas celestes... e então, comparando a minha embriaguez com a daqueles heróis danunzianos que o meu patrão criticava por seus magníficos ares de empáfia, pensei: "O Monti é um idiota".

De repente senti que apertavam meu braço; me virei bruscamente, e me encontrei diante de Lúcio, aquele insigne Lúcio que fazia parte do "Clube dos Cavaleiros da Meia-Noite".

Nós nos cumprimentamos efusivamente. Depois da azarada noite eu não tinha voltado a vê-lo, e agora ele estava diante de mim sorrindo e olhando, como de costume, para todos os lados. Reparei que estava bem vestido, mais bem calçado e cheio de joias, luzindo nos dedos anel de ouro falso e uma pálida pedra na gravata.

Tinha crescido; era um robusto vagabundo disfarçado de dândi. Complemento dessa figura de valentão com jeito decente era um chapéu de feltro de abas largas, enfiado graciosamente sobre a testa até as sobrancelhas. Fumava em piteira de âmbar, e como homem que sabe tratar os amigos, depois dos primeiros cumprimentos me convidou para tomar uma "bock" numa cervejaria próxima.

Já sentados, e tendo sorvido sua cerveja de um só trago, o amigo Lúcio disse com voz rouca:

— E você, no que está trabalhando?

— E você?... Estou te vendo feito um dândi, uma figura.

Um sorriso lhe entortou a boca.

— Eu... eu me ajeitei.

— Então vai bem... progrediu enormemente... mas como eu não tenho a sua sorte, sou papeleiro... vendo papel.

— Ah! Você vende papel, pra alguma casa?

— É, pra um tal de Monti que mora em Flores.

— E você ganha muito?

— Muito não, mas dá pra viver.
— Então você se regenerou?
— Claro.
— Eu também estou trabalhando.
— Ah, você está trabalhando!
— É, trabalhando, então você não sabe no quê?
— Não, não sei.
— Sou agente de investigações.
— Você... agente de investigações? Você?
— É, por quê?
— Não, nada. Então você é agente de investigações?
— Por que você acha isso estranho?
— Não... de maneira alguma... você sempre teve gosto... desde pequeno...
— Seu safado... mas olha Sílvio, meu chapa, é preciso se regenerar; assim é a vida, a *struggle for life* de Darwin...
— Você se tornou um erudito! O que dá pra comer com isso?
— Eu me entendo, meu chapa, essa é a terminologia ácrata; quer dizer então que você também se regenerou, está trabalhando, e vai indo bem.
— Arregular, como dizia o basco; vendo papel.
— Você se regenerou, então?
— Parece.
— Muito bem; garçom, mais uma cerveja... mais duas, eu queria dizer, desculpa, meu chapa.
— E que tal é esse trabalho de investigações?
— Não me pergunte, Sílvio, meu chapa; são segredos profissionais. Mas virando o disco... Você lembra do Enrique?
— Enrique Irzubeta?
— É.
— Do Irzubeta só sei que depois que a gente se separou... você lembra?
— Como não vou me lembrar!
— Depois que a gente se separou eu fiquei sabendo que o Grenuillet conseguiu despejá-los e eles foram morar em Villa del Parque, mas não vi mais o Enrique.
— Certo; o Enrique foi trabalhar numa agência de carros no Azul.
— E agora, você sabe onde ele está?
— Deve estar no Azul, ora essa!
— Não, não está no Azul; está na prisão.
— Na prisão?
— Assim como eu estou aqui, ele está na prisão.

— O que ele fez?

— Nada, meu chapa, a *struggle for life*... a luta pela vida, quer dizer, é um termo que aprendi com um padeiro galego que gostava de fabricar explosivos. Você não fabrica explosivos? Não fique chateado; como você era tão aficionado das bombas de dinamite...

Irritado com as suas perguntas insidiosas, olhei-o com firmeza.

— Vai me prender?

— Não, homem, por quê? Não se pode brincar com você?

— É que parece que você quer me fazer falar alguma coisa.

— Puxa vida... que sujeito encantador que você é. Você já não se regenerou?

— Bom, o que era mesmo que você estava falando do Enrique?

— Vou te contar: uma façanha gloriosa, entre nós, uma coisa notável. Acontece que, agora não me lembro se era na agência da Chevrolet ou do Buick, onde Enrique estava empregado, que lhe tinham confiança... bom, pra enrolar, este aí sempre foi um mestre. Ele trabalhava no escritório, não sei como, o caso é que do talão de cheques roubou um e em seguida o falsificou por cinco mil novecentos e cinquenta e três pesos. Como são as coisas! Na manhã em que ele pensa ir descontá-lo, o dono da agência lhe dá dois mil e cem pesos pra depositar no mesmo banco. Este louco embolsa o dinheiro, vai à garagem da agência, tira um carro e, tranquilamente, vai ao banco, apresenta o cheque, e agora é que vem o estranho: no banco lhe descontaram o cheque falsificado.

— Pagaram!

— É incrível! Que falsificação devia ser! Bom, ele sempre teve aptidão. Você lembra quando ele falsificou a bandeira da Nicarágua?

— Lembro, desde garoto ele tinha jeito pra coisa... mas vai, continua.

— Bom, lhe pagaram... agora pergunte se o Enrique estava nervoso: sai com o carro, a duas quadras do mercado, num cruzamento, dá um encontrão numa carroça... e teve sorte, a única coisa que a vara fez foi lhe quebrar um braço, se o pega um pouco mais no meio lhe atravessa o peito. Ficou desmaiado. Levam-no pra um sanatório, por acaso o dono da agência soube em seguida do acidente, e foi ao sanatório como o gato ao bofe. O homem pede pro médico as roupas do Enrique, porque devia ter dinheiro ou um boleto de depósito... imagina a surpresa do sujeito... em vez de tirar um boleto encontra oito mil e cinquenta e três pesos. Nisso o Enrique reage, ele lhe pergunta de onde veio essa dinheirama, e ele não soube o que responder; vão ao banco e ali em seguida ficam sabendo de tudo.

— É colossal.

— Incrível. Eu li toda a crônica disso em *El Ciudadano*, um jornal dali.

— E agora ele está preso?

— Na sombra, como ele dizia... mas vai saber a quanto tempo o condenaram. Tem a vantagem de ser menor de idade; e, além disso, a família conhece gente de influência.

— É curioso: vai ter um grande futuro, o amigo Enrique.

— Invejável. Com razão que o chamavam de O falsificador.

Depois nos calamos. Eu lembrava do Enrique. Parecia que eu voltava a estar com ele, na biboca dos fantoches. Na parede vermelha, o raio de sol iluminava seu definhado perfil de adolescente soberbo.

Com voz rouca, Lúcio comentou:

— A *struggle for life*, meu chapa, uns se regeneram e outros caem; assim é a vida... mas eu vou indo, tenho que pegar no serviço... se quiser me ver, aqui está o meu endereço — e me entregou um cartão.

Quando depois de uma espalhafatosa despedida me vi longe, sozinho nas ruas iluminadas, ainda soava nos meus ouvidos a sua voz rouca.

"A *struggle for life*, meu chapa... uns se regeneram, outros caem... assim é a vida!".

***

Agora eu me dirigia aos comerciantes com a serenidade de um vendedor experiente, e com a certeza de que as minhas fadigas não deviam ser estéreis, porque já "tinha vendido", assegurei em breve tempo uma clientela medíocre, composta de feirantes, farmacêuticos a quem falava do ácido pícrico e de outras ninharias, livreiros, e dois ou três donos de armazém, as pessoas mais sem serventia e mais matreiras para mercar.

Com o objetivo de não perder tempo, eu tinha dividido as freguesias de Caballito, Flores, Vélez Sársfield e Villa Crespo em zonas que percorria sistematicamente uma vez por semana.

Bem cedo deixava o leito e, a passos largos, eu me dirigia aos bairros prefixados. Daqueles dias, conservo a lembrança de um imenso céu resplandecente sobre horizontes de casas pequenas e caiadas, de fábricas de muros vermelhos e, enfeitando os confins, jorros de verdura, ciprestes e arvoredos em torno das cúpulas brancas da necrópole.

Pelas ruas planas do arrabalde, miseráveis e sujas, inundadas de sol, com latas de lixo nas portas, com mulheres barrigudas, despenteadas e esquálidas falando dos umbrais e chamando seus cachorros ou seus filhos, sob o arco do céu mais límpido e diáfano, conservo a lembrança fresca, alta e encantadora.

Meus olhos bebiam avidamente a serenidade infinita, extática no espaço celeste.

Chamas ardentes de esperança e de devaneio envolviam o meu espírito e de mim brotava uma inspiração tão feliz de ser cândido que eu não conseguia dizê-la com palavras.

E mais e mais me embevecia a cúpula celeste, quanto mais vis eram as paragens onde eu comerciava. Eu me lembro...

Aqueles armazéns, aqueles açougues do arrabalde!

Um raio de sol iluminava, na escuridão, os animais de carne rubro-negra, pendurados por ganchos e cordas junto aos balcões de estanho. O piso estava coberto de serragem, no ar pairava um cheiro de sebo, negros enxames de moscas ferviam nos pedaços de gordura amarela, e o açougueiro, impassível, serrava os ossos, macerava as costeletas com o dorso da faca... e lá fora... lá fora estava o céu da manhã, quieto e maravilhoso, deixando cair da sua azulidade a infinita doçura da primavera.

Nada me preocupava no caminho a não ser o espaço, terso como uma porcelana celeste nos confins azuis, com a profundidade de golfo no zênite, um prodigioso mar alto e quietíssimo, onde os meus olhos acreditavam ver ilhotas, portos de mar, cidades de mármore, tingidas de bosques verdes e navios de mastros florescidos deslizando entre harmonias de sereias em direção às feéricas cidades da alegria.

Caminhava assim, estremecido de saborosa violência.

Parecia escutar os rumores de uma festa noturna; no alto, os fogos derramavam verdes cascatas de estrelas, embaixo riam os barrigudos gênios do mundo e os símios faziam malabarismos enquanto riam as deusas escutando a flauta de um sapo.

Com esses festivos rumores cantando nos ouvidos, com aquelas visões vogando diante dos olhos, eu encurtava as distâncias sem notar.

Entrava nos mercados, conversava com os "donos de bancas", vendia ou discutia com os clientes inconformados com as mercadorias recebidas. Costumavam me dizer, tirando debaixo do balcão umas aparas de papel que poderiam servir para fabricar serpentinas:

— E com estas tiras de papel, o que o senhor quer embrulhar?

Eu replicava:

— Oh, o "corte" não vai ser grande como um lençol. Há de tudo na videira do Senhor.

Essas razões especiosas não satisfaziam os mercadores, que, pegando seus confrades como testemunhas, juravam não comprar de mim nem mais um quilo de papel.

Então eu fingia me indignar, dizia algumas palavras não evangélicas e, com desfaçatez, entrava atrás do balcão e começava a remexer o pacote e a extrair dobras que com um pouco de boa vontade podiam servir para amortalhar uma rês.

— E isto? Por que não mostram isto? Vocês acham que eu é que vou escolher o corte. Por que não compram o corte especial?

Assim eram as disputas com os açougueiros e os vendedores de peixe, gente rude, dada a bravatas e amiga de confusões.

Também me agradava, nas manhãs de primavera, "perambular" pelas ruas percorridas por bondes, vestidas com os toldos dos estabelecimentos comerciais. Comprazia-me o espetáculo dos grandes armazéns interiormente sombrios, as queijarias frescas como granjas com enormes pilões de manteiga nas prateleiras, as lojas com vitrines multicoloridas e senhoras sentadas junto aos balcões diante de leves rolos de tecidos; e o cheiro de pintura nas lojas de ferragens, e o cheiro de petróleo nas dispensas, se confundiam em meu sensório com o fragrante aroma de uma extraordinária alegria, de uma festa universal e perfumada, cujo futuro relator seria eu.

Nas gloriosas manhãs de outubro eu me sentia poderoso, eu me sentia compreensivo como um deus.

Se fatigado, eu entrava numa leiteria para tomar um refresco, o lugar sombrio, a decoração semelhante, me fazia sonhar com uma Alhambra inefável e via as chácaras da distante Andaluzia, via os terrenos empinados no pé da serra e, no fundo dos socavões, a faixa prateada dos arroiozinhos. Um vozerio de mulher se fazia acompanhar de um violão, e, na minha memória, o velho sapateiro andaluz reaparecia, dizendo:

— José, si era ma lindo que uma rrossa.

Amor, piedade, gratidão à vida, aos livros e ao mundo galvanizava o nervo azul da minha alma.

Não era eu, e sim um deus que estava dentro de mim, um deus feito com pedaços de montanha, de bosques, de céu e de lembranças.

Quando tinha vendido uma quantidade suficiente de papel, empreendia o retorno, e como os quilômetros se faziam longos para percorrer a pé, comprazia-me em sonhar com coisas absurdas, *verbi gratia*, que eu tinha herdado setenta milhões de pesos ou coisas desse tipo. As minhas quimeras se evaporavam quando, ao entrar no escritório, Monti me comunicava, indignado:

— O açougueiro da rua Remédios devolveu o corte.

— Por quê?

— Sei lá eu! Disse que não lhe agradava.

— Raios o partam, esse sujeito aí.

É indescritível o sentimento de fracasso que produzia esse embrulho de papel sujo, abandonado no pátio escuro, com novos barbantes, cheio de barro nos cantos, manchado de sangue e de gordura, devido ao fato de o açougueiro tê-lo revolvido sem piedade com as mãos engorduradas.

Esse tipo de devoluções se repetia com demasiada frequência. Prevenindo-me de posteriores incidentes, eu costumava advertir o comprador:

— Olha, o corte são as sobras do papel liso. Se quiser, eu lhe mando um corte especial, são oito centavos a mais por quilo, mas se aproveita tudo.

— Não importa, meu chapa — dizia o magarefe —, mande o corte.

Mas quando o papel lhe era entregue, pretendia que se rebaixassem alguns centavos por quilo ou, então, queria devolver os pedaços muito rasgados que, somando dois ou três quilos, faziam perder o ganho; ou não pagá-lo, que era perdê-lo todo...

Aconteciam percalços divertidíssimos, pelos quais Monti e eu acabávamos rindo para não chorar de raiva.

Tínhamos entre os clientes um salsicheiro que exigia que lhe entregassem os fardos de papel em sua casa num dia por ele determinado e a uma hora prefixada, o que era impossível; outro que devolvia a carga insultando o entregador se não se emitia o recibo na forma estipulada pela lei, o que era supérfluo; outro não pagava o papel a não ser uma semana depois que começava a consumi-lo. Não falemos da ralé dos feirantes turcos. Se eu lhes pedia notícias de *al-Mu'tamid*, não me compreendiam ou encolhiam os ombros, cortando um pedaço de bofe para o gato de uma comadre descarada.

Depois, para lhes vender eu tinha que perder uma semana, e isso com o objetivo de enviar a distâncias inverossímeis, em ruas de subúrbios desconhecidos, um mísero pacote de vinte e cinco quilos, em que se ganhavam setenta e cinco centavos.

O entregador, um homem taciturno de cara suja, ao entardecer, quando regressava com seu cavalo cansado e o papel que não tinha entregue, dizia:

— Este não foi entregue — e jogava o fardo no pavimento, com gesto mal-humorado — porque o açougueiro estava nos matadouros e a mulher disse que não sabia de nada e não quis receber. Este outro não mora nesse número, porque ali é uma fábrica de alpargatas. Desta rua ninguém soube me dizer nada.

Nós soltávamos a língua em blasfêmias contra essa chusma que não reconhecia formalidades nem compromissos de nenhum gênero.

Outras vezes acontecia de o Mário e eu pegarmos um pedido do mesmo indivíduo, e quando se lhe enviava o encomendado, ele o rechaçava, porque dizia que tinha comprado a mercadoria de um terceiro que a ofereceu mais barata.

Alguns tinham a sem-vergonhice de dizer que não tinham encomendado nada, e, em geral, se não as tinham, inventavam as razões.

Quando eu acreditava ter ganho sessenta pesos numa semana, recebia só vinte e cinco ou trinta.

Mas e a gentalha! Os comerciantes a varejo, os lojistas e os farmacêuticos! Quanta suscetibilidade, quanta informação e exames prévios!

Para comprar a insignificância de mil envelopes com o impresso de "Magnésia" ou "Ácido bórico", não o faziam senão depois de vê-los frequentemente, e exigiam de antemão que lhes fossem entregues amostras de papel, tipos de impressão, e, no fim, diziam:

— Veremos, passe na semana que vem.

Pensei, muitas vezes, que se poderia escrever uma filogenia e psicologia do comerciante do varejo, do homem que usa gorro atrás do balcão e que tem o rosto pálido e os olhos frios como lâminas de aço.

Ah, porque não é suficiente expor a mercadoria!

Para vender, é preciso se empapar de uma sutileza "mercurial", escolher as palavras e cuidar dos conceitos, adular com circunspecção, conversando do que não se pensa e não se acredita, entusiasmar-se com uma bagatela, acertar com um gesto compungido, interessar-se vivamente pelo maldito se é do nosso interesse, ser multíplice, flexível e gracioso, agradecer com donaire uma insignificância, não se desconcertar e se fazer de desentendido ao escutar uma grosseria, e sofrer, sofrer pacientemente o tempo, os semblantes azedos ou mal-humorados, as respostas rudes e irritantes, sofrer para poder ganhar alguns centavos, porque "assim é a vida".

Se na dedicação a gente estivesse sozinho... mas é preciso compreender que, no mesmo lugar onde dissertamos sobre a vantagem de entabular negócios conosco, passaram muitos vendedores oferecendo a mesma mercadoria em diferentes condições, cada qual mais vantajosa para o comerciante.

Como se explica que um homem escolha outro entre muitos para se beneficiar, beneficiando-o?

Não parecerá exagerado então dizer que entre um indivíduo e o comerciante se estabelecem vínculos materiais e espirituais, relação inconsciente ou simulada de ideias econômicas, políticas, religiosas e até sociais, e que uma operação de venda, ainda que seja a de um pacote de agulhas, salvo peremptória necessidade, encadeia em si mais dificuldades que a solução do binômio de Newton.

Mas se fosse só isso!

Além disso, é preciso aprender a se dominar, para suportar todas as insolências dos pequeno-burgueses.

Em geral, os comerciantes são néscios astutos, indivíduos de baixa extração, e que se enriqueceram à custa de sacrifícios penosíssimos, de furtos que a lei não pode penalizar, de adulterações que ninguém descobre ou que todos toleram.

O hábito da mentira se arraiga nessa canalha acostumada ao manejo de grandes ou de pequenos capitais, e enobrecidos pelos créditos que lhes concedem uma patente de honorabilidade, têm, por isso, espírito de militares, ou seja, habituados a tratar por tu, pejorativamente, seus inferiores, assim o fazem com os estranhos que têm necessidade de se aproximar deles para poder medrar.

Ah! E como ferem os gestos despóticos desses trapaceiros enriquecidos, que, inexoráveis atrás dos postigos do escritório, anotam seus lucros; como crispam em ímpetos assassinos essas fuças ignóbeis que respondem:

— Para de encher, homem, que nós compramos das principais casas.

No entanto, se tolera, e se sorri e se cumprimenta... porque "assim é a vida".

***

Às vezes, terminado o meu percurso, e se ficava no caminho, eu ia bater um papinho com o guardador de carroças da feira de Flores.

Ela era como tantas outras.

Ao fundo da rua de casas com fachadas caiadas, coberta por um oceano de sol, apresentava-se inopinadamente.

O vento trazia um cheiro azedo de verduras, e os toldos das bancas sombreavam os balcões de estanho dispostos paralelamente à calçada, no meio da via.

Ainda tenho o quadro diante dos olhos.

É composta por duas fileiras.

Uma formada por açougueiros, vendedores de porcos, vendedores de ovos e de queijos, e outra de verdureiros. A coluna se prolonga berrante de policromia, rebuscada de tintas, com seus homens barbudos em mangas de camisa junto às cestas cheias de hortaliças.

A fileira começa nas bancas dos pescadores, com os cestos ocres manchados pelo vermelho dos lagostins, o azul dos peixes-rei, o achocolatado dos mariscos, a lividez cor de chumbo dos caracóis e o branco-zinco das merluzas.

Os cachorros rondam arrebatando a tripalhada de descarte, e os mercadores, com os peludos braços nus e um avental que lhes cobre o peito, pegam, a pedido das compradoras, o peixe pela cauda, de uma facada abrem o ventre, com as unhas remexem até o espinhaço, destripando-o, e, depois de um golpe seco, os dividem em dois.

Mais adiante, as tripeiras raspam os amarelentos intestinos no estanho dos seus balcões, ou penduram nos ganchos imensos fígados vermelhos.

Dez gritos monótonos repetem:

— Peixe-rei fresco... fresco, senhora.

Outra voz grita:

— Aqui... aqui é que está o bom. Venham ver isto.

Pedaços de gelo cobertos de serragem vermelha derretem lentamente à sombra, em cima do lombo dos peixes encaixotados.

Entrando, eu perguntava na primeira banca:

— O Manco?

Com as mãos apoiadas nas cadeiras, o avental sujo estufado sobre o ventre, os feirantes gritavam com vozes fanhosas ou estridentes:

— Manco, vem aqui, Manco. — E porque o estimavam, ao chamá-lo, riam às gargalhadas, mas o Manco, me reconhecendo lá de longe, para gozar de sua popularidade, caminhava devagar, mancando ligeiramente. Quando na frente de uma banca encontrava alguma criada conhecida, tocava a aba do chapéu com o cabo do rebenque.

Parado, conversava, conversava sorrindo, mostrando os dentes tortos com um perene sorriso picaresco; de repente ia embora, piscando o olho de soslaio aos peões de açougueiros que, com os dedos, lhe faziam gestos obscenos.

— Manco... ei, Manco, "venh'aqui" — gritavam do outro lado.

O folgado virava a cara angulosa para um lado, dizendo que aguardássemos, e forçando o cotovelo, abria passagem por entre as mulheres apinhadas na frente das barracas, e as fêmeas que não o conheciam, as velhas cobiçosas e rabugentas, as jovens mulheres biliosas e avaras, as moçoilas linfáticas e pretensiosas, olhavam com azeda desconfiança, com fastio mal dissimulado, essa cara triangular avermelhada pelo sol, bronzeada pela sem-vergonhice.

Era um tremendo malandro a quem agradava tocar o traseiro das mulheres apinhadas.

— Manco... vem aqui, Manco.

O Manco gozava de popularidade. Além disso, como todos os personagens da história, agradava-lhe ter amigas, cumprimentar as vizinhas, banhar-se nessa atmosfera de caçoada e grosseria que imediatamente se estabelece entre o comerciante vulgar e a comadre gordurenta.

Quando falava de coisas sujas, sua cara vermelha resplandecia como se a tivessem untado com toucinho, e o círculo de tripeiras, verdureiros e vendedoras de ovos se regozijava da imundície com que as salpicavam as gracinhas do fanfarrão.

Chamavam:

— Manco... "venh'aqui", Manco. — E os açougueiros fornidos, os filhos robustos de napolitanos, toda a barbuda imundície que ganha a vida comerciando miseravelmente, toda a chusma magra e gorda, escusa e astuta, os vendedores de peixe e de fruta, os açougueiros e manteigueiras, toda a canalha cobiçosa de dinheiro se comprazia com a malandragem do Manco, com a sem-vergonhice do Manco, e o Manco olímpico, descarado e milongueiro, semelhante ao símbolo da feira franca, na passagem semeada de talos de hortaliças, couves e cascas de laranja, avançava requebrando, e com esta canção obscena presa aos lábios:

E é lindo gozar de fila-boia.

Era um folgado digno de todo apreço. Tinha acolhido a nobre profissão de cuidador de carroças desde o dia que ficou com uma entorse numa perna, em consequência da queda de um cavalo. Vestia sempre a mesma roupa, isto é, uma calça de felpa verde e um paletozinho que parecia de toureiro.

Enfeitava o colarinho, deixando livre seu elástico preto, com um lenço vermelho. Um gordurento chapéu de abas largas sombreava sua testa e, em vez de botinas, calçava alpargatas de tecido violeta enfeitadas com arabescos rosados.

Com um chicote que nunca abandonava, percorria mancando de um lado a outro a fila de carroças, a fim de manter a compostura dos cavalos, que, para vencer o tédio, mordiscavam-se ferozmente.

O Manco, além de tomar conta de carroças, era um ladrão tarimbado, e sendo "cafifa" por gosto, não podia deixar de ser jogador habitual. Em resumo, era um patife afabilíssimo, do qual se podia esperar qualquer favor e também alguma cachorrada.

Ele dizia ter estudado para jóquei e ter ficado com essa entorse na perna porque, de inveja, os companheiros espantaram seu cavalo num dia de prova, mas eu acho que ele não tinha passado de bosteiro em alguma cavalariça.

Verdade seja dita, ele conhecia mais nomes e virtudes de cavalos do que uma beata de santos do martirológio. Sua memória era um almanaque de Gotha da nobreza animal. Quando falava durante uns minutos e segundos, acreditava-se escutar um astrônomo, quando falava de si mesmo e da perda que o país tinha tido ao perder um jóquei como ele, a gente se sentia tentado a chorar.

— Que sem-vergonha!

Se eu ia vê-lo, ele abandonava as bancas onde conferenciava com certas amantes e, me pegando por um braço, dizia a título de introito:

— Passa um cigarro, que... — e nos encaminhando para a fila de carroças, subíamos na que estava melhor coberta para sentarmos e conversar longamente.

Dizia:

— Sabe, afanei o turco Salomón. Deixou esquecida na carroça uma perna de carneiro, chamei o Moleque (um protegido) e lhe disse: "Chispando com isto pro quarto".

Dizia:

— Outro dia, vem uma velha. Era uma mudança, uma bagagenzinha de nada... E eu andava duro, duro... Um mango, lhe digo, e agarro a carroça do pescador. Que correria, meu irmão! Quando voltei eram nove e quinze, e o pangaré suado que dava medo. Pego ele e seco bem, mas o galego deve ter espiado, porque ontem e hoje veio uma porção de vezes na fila, e tudo pra ver se a carroça estava aí. Agora quando eu tiver outra viagem surrupio da tripeira. — E observando meu sorriso, acrescentou: — É preciso viver, meu chapa, repare: o quarto, dez mangos; no domingo jogo uma redobrona no Sua Majestade, no Vasquito e na La Adorada... e Sua Majestade me passou a perna. — Mas reparando em dois vagabundos que estavam rondando com dissimulação em torno de uma carroça da ponta da fila, ele fez o maior escândalo: — Ei, seus filhos da puta, o que estão fazendo aí? — e hasteando o chicote foi correndo em direção a carroça. Depois de revistar cuidadosamente os arreios se virou, resmungando: — Estou bem arranjado se me roubam um tirante ou umas rédeas.

Nos dias chuvosos, eu costumava passar as manhãs em sua companhia.

Sob a capota de uma carroça, o Manco improvisava estupendas poltronas com sacolas e caixotes. Sabia-se onde estava porque sob o arco do toldo escapavam nuvens de fumaça. Para se distrair, Manco pegava o cabo de um chicote como se fosse um violão, fechava os olhos, tragava com mais energia o cigarro e, com voz arrastada, de vez em quando inchada de coragem, outras dolente de voluptuosidade, cantava:

Tenho um cafofo, bem de "cafifa",
Que é de primeira
E que eu aluguei;
E que eu aluguei,
Para paquerar ela sozinho.

Com o chapéu sobre a orelha, o cigarro esfumaçando sob o nariz, e a camiseta entreaberta sobre o peito queimado, Manco parecia um ladrão, e às vezes costumava me dizer:

— Não é verdade, Alemão, meu chapa, que eu tenho pinta de "amigo do alheio"?

Senão, contava em voz baixa, entre as longas fumaradas do seu charuto, histórias do arrabalde, lembranças da sua infância transcorrida em Caballito.

Eram recordações de assaltos e rapinas, roubos em pleno dia, e os nomes de Cabecinha de Alho, o Inglês e os dois irmãos Arévalo estavam continuamente ligados nesses relatos.

Dizia Manco, com melancolia:

— Nossa, como eu me lembro! Eu era um garoto. Eles ficavam sempre na esquina da Méndez de Andés e Bella Vista, recostados na vitrine do armazém de um galego. O galego era um "bocó". A mulher dormia com outros e tinha duas filhas na vida. Nossa, como eu me lembro! Estavam sempre ali, tomando sol e enchendo os que passavam. Passava um sujeito de chapéu de palha e não faltava quem gritasse: "Quem comeu a pata do porco?". "O do chapéu de palha ali", respondia o outro. Eram uns "pamonhas". Assim que você se enfezava, eles te enchiam de porrada. Eu me lembro bem. Era uma da tarde. Vinha um turco. Eu estava com um pangaré na ferraria de um francês, que ficava de frente para o boteco. Foi num abrir e fechar de olhos. O chapéu de palha do turco voou pro meio da rua, ele quis sacar o revólver e zás, o Inglês, com uma trombada, virou ele. O Arévalo "catou" a cesta e o Cabecinha de Alho, o caixote. Quando a "cana" veio só estava o chapéu e o turco, que chorava com o nariz revirado. O mais desalmado foi o Arévalo. Era comprido, moreno e vesgo. Tinha umas tantas mulheres. A última que fez foi a de um cabo. Já estava com a captura recomendada. "Pegaram" ele uma noite com outros muitos da vida, num botequim que havia antes de chegar a San Eduardo. Revistaram ele e não carregava armas. Um cabo coloca a algema nele e leva ele. Antes de chegar na Bogotá, na escuridão, o Arévalo saca uma faca que tinha escondida no peito, sob a camiseta, e enrolada em papel de seda, e a enterrou até o cabo no coração. O outro caiu duro, e o Arévalo chispou; foi se esconder na casa de uma irmã que era passadeira, mas no dia seguinte "cataram" ele. Dizem que morreu tísico da surra que lhe deram com a "borracha".

Assim eram as narrações do Manco. Monótonas, obscuras e sanguinolentas. Terminadas suas histórias, antes que fosse a hora regulamentar para se desarmar a feira, Manco me convidava:

— Vem, Alemão, vamos fazer a xepa?

— Vamos.

Com a sacola no ombro, o Manco percorria as bancas, e os feirantes, sem necessidade de que ele lhes pedisse, gritavam:

— Vem, Manco, toma. — E ele pegava gordura, ossos carnudos; dos verdureiros, quem não lhe dava um repolho lhe dava batatas ou cebolas, as vendedoras de ovos, um pouco de manteiga, as tripeiras, um bocado de fígado, e Manco, jovial, com o chapéu inclinado sobre uma orelha, o chicote nas costas, e a sacola na mão, atravessava soberbo como um rei diante dos mercadores, e até os mais avaros e até os mais vis não se atreviam a lhe negar uma sobra, porque sabiam que ele podia prejudicá-los de diferentes maneiras.

Terminado, ele dizia:

— Vem comer comigo.

— Não, que estão me esperando em casa.

— Vem, não seja otário, fazemos um bife e batatas fritas. Depois eu mando ver na viola e tem vinho, um vinhozinho San Juan que é supimpa. Comprei um garrafão, porque dinheiro que não se gasta se "joga".

Eu bem sabia por que o Manco insistia para que eu almoçasse com ele. Devia estar precisando me consultar sobre os seus inventos; porque, sim, Manco, com toda a sua vadiagem tinha laivos de inventor; Manco, que segundo ele próprio dizia, tinha se criado "entre as patas dos cavalos", em suas horas de sesta combinava dispositivos e invenções para despojar o próximo de seu dinheiro. Lembro que um dia, explicando-lhe os prodígios da galvanoplastia, Manco ficou tão admirado que, durante vários dias, tratou de me persuadir para que instalássemos em sociedade uma fábrica de moedas falsas. Quando eu perguntei de onde tiraria o dinheiro, ele retrucou:

— Eu conheço um sujeito que tem dinheiro. Se quiser, eu te apresento e a gente se ajeita. E então... vamos ou não vamos?

— Vamos.

Subitamente, Manco dirigia um olhar investigador ao redor, para depois gritar, com voz desagradável:

— Moleque!

O Moleque, que estava brigando com outros vadios da sua laia, reaparecia.

Não devia ter nem dez anos de idade, e menos de quatro pés de estatura, mas em seu rosto romboidal como o de um mongol, a miséria e toda a experiência da vadiagem tinham lapidado rugas indeléveis.

Ele tinha o nariz achatado, os lábios belfos e, além disso, era tremendamente cabeludo, de uma lã encrespada e espessa por entre cujos anéis desapareciam as orelhas. Todo esse cromo aborígene e sujo se ataviava com uma calça que chegava até os tornozelos, e uma blusa preta de leiteiro basco.

Manco lhe ordenou imperativamente:

— Segura isso.

O garoto colocou a sacola nas costas e andou rapidamente.

Era criado, cozinheiro, serviçal e ajudante do Manco. Este o recolheu como se recolhe um cachorro, e em troca de seus serviços o vestia e o alimentava; e o Moleque era fidelíssimo servidor de seu patrão.

— Repara só — me contava —, outro dia, uma mulher abre a bolsa numa banca e caem cinco pesos. O Moleque tapa eles com o pé e depois os levanta. Vamos pra casa e não tinha um "pingo" de carvão.

— Vai ver se eles te fiam. "Não precisa", me responde o louco, e saca os cinco mangos.

— Caramba, não é nada mal.

— E daí para a "rapinagem". Ainda por cima, não sabe o que ele me faz?

— Conta aí.

— Mas veja só!... Uma tarde, vejo que ele está saindo. "Aonde você vai?", lhe digo. "Na igreja." "Catzo, na igreja?" "Manja só", e começa a me contar que da caixa que está metida na parede da entrada, pra esmola, tinha visto aparecer o rabicho de um peso. Acontece que tinha entrado apertado e ele, com um alfinete, o tirou. E tinha feito um ganchinho com um alfinete pra pescar de dentro da caixa todos os pesos que houvesse. Percebe?...

O Manco dá risada, e se eu duvido que o Moleque tenha inventado esse anzol, em compensação não duvido que seja o pescador, mas não digo e, dando um tapinha nas suas costas, exclamo:

— Ah, Manco, Manco!...

E Manco ri com um riso que entorta seus lábios, descobrindo os dentes.

***

Algumas vezes durante a noite:

— Piedade, quem terá piedade de nós?

Sobre esta Terra, quem terá piedade de nós? Míseros, não temos um Deus diante de quem nos prostrar e toda nossa pobre vida chora.

Diante de quem me prostrarei, a quem falarei dos meus espinhos e das minhas sarças duras, desta dor que surgiu na tarde ardente e que ainda está em mim?

Como somos pequenininhos! E a mãe Terra não nos quis em seus braços e hei-nos aqui acerbos, desmantelados de impotência.

Por que não sabemos de nosso Deus?

Oh! Se Ele viesse num entardecer e, mansamente, abarcasse com suas mãos nossas duas têmporas.

O que mais nós poderíamos lhe pedir? Começaríamos a andar com seu sorriso aberto na pupila e com lágrimas suspensas nos cílios.

***

Uma quinta-feira, às duas da tarde, minha irmã me avisou que um indivíduo estava na porta me esperando.

Saí e, com a conseguinte surpresa, encontrei o Manco, mais decentemente trajado do que de costume, pois tinha substituído o seu lenço vermelho por um modesto colarinho de tecido, e substituía as floridas alpargatas por um flamejante par de botinas.

— Oi, você por aqui?

— Você está livre, Alemão?

— Estou, por quê?

— Então sai, a gente tem que conversar.

— Claro, espera um pouquinho. — E entrando rapidamente, pus o colarinho, peguei o chapéu e saí. Não é demais dizer que imediatamente suspeitei de alguma coisa e, embora não pudesse imaginar o objetivo da visita do Manco, resolvi fechar a guarda.

Uma vez na rua, examinando seu semblante, reparei que ele tinha alguma coisa importante a me comunicar, pois me observava às furtadelas, mas me retive na curiosidade, limitando-me a pronunciar um significativo:

— E então?

— Faz dias que você não aparece lá pela feira — comentou.

— É... eu estava ocupado... E você?

O Manco tornou a me olhar. Como estávamos caminhando por uma calçada sombreada, começou a fazer observações sobre a temperatura; depois falou da pobreza, dos transtornos que lhe traziam os trabalhos cotidianos; também me disse que na última semana tinham lhe roubado um par de rédeas, e quando esgotou o assunto, me parando no meio da calçada e me segurando por um braço, lançou este *ex abrupto*:

— Me diz, Alemão, meu chapa, você é de confiança ou não é?

— E pra me perguntar isso é que você me trouxe até aqui?

— Mas você é ou não é?

— Olha, Manco, me diz, você tem fé em mim?

— Sim... tenho... mas me diz, pode-se falar com você?

— Claro, homem.

— Olha, então vamos entrar ali, tomar alguma coisa. — E o Manco, encaminhando-se ao balcão de bebidas de um armazém, pediu ao lavador de louças uma garrafa de cerveja, sentamos numa mesa no canto mais escuro e, depois de beber, o Manco disse, como quem se livra de um grande peso:

— Tenho que te pedir um conselho, Alemão. Você é muito "científico". Mas por favor, meu chapa... te peço, Alemão...

Eu o interrompi:

— Olha, Manco, um momento. Não sei o que você tem pra me dizer, mas desde já te advirto que sei guardar segredo. Não pergunto nem tampouco digo.

O Manco depositou seu chapéu em cima da cadeira. Ainda matutava e, em seu perfil de gavião, a irresolução mental movia, ligeiramente, por reflexo, os músculos sobre suas mandíbulas. Em suas pupilas ardia um fogo de coragem; depois, me olhando rijamente, se explicou:

— É um golpe de mestre, Alemão. Dez mil mangos, no mínimo.

Olhei-o com frieza, essa frieza que provém de ter descoberto um segredo que pode nos beneficiar imensamente, e repliquei, para lhe inspirar confiança:

— Não sei do que se trata, mas é pouco.

A boca do Manco se abriu lentamente.

— Vo-cê a-cha pou-co. Dez mil mangos no mínimo, Alemão... no mínimo.

— Somos dois — insisti.

— Três — replicou.

— Pior, impossível.

— Mas a terceira é minha mulher. — E, de repente, sem que me explicasse sua atitude, tirou uma chave, uma pequena chave achatada e, pondo em cima da mesa, deixou-a ali, abandonada. Eu não a toquei.

Concentrado, olhava-o nos olhos, ele sorria como se a loucura de um regozijo alargasse sua alma, de vez em quando empalidecia; bebeu dois copos de cerveja, um atrás do outro, enxugou os lábios com o dorso da mão e disse com uma voz que não parecia a sua:

— É linda a vida!

— É, a vida é linda, Manco. É linda. Imagina os grandes campos, imagina as cidades do outro lado do mar. As fêmeas que seguirão a gente; a gente atravessaria como grandes bacanas as cidades do outro lado do mar.

— Você sabe dançar, Alemão?

— Não, não sei.

— Dizem que ali, aqueles que sabem dançar tango se casam com milionárias... e eu vou embora, Alemão, vou embora.

— E a gaita?

Ele me olhou com dureza, depois uma alegria alterou o seu semblante, e em seu rosto de gavião se dilatou uma grande bondade.

— Se você soubesse como eu "trabalhei" ela, Alemão. Está vendo esta chave? É de um cofre. — Introduziu a mão num bolso e, tirando outra chave mais comprida, continuou: — Esta é a da porta do quarto onde está o cofre. Eu fiz ela numa noite, Alemão; e toca lima nela. "Peguei no batente" feito um negro, propriamente.

— Foi ela que te trouxe as chaves?

— Foi; a primeira faz um mês que tenho pronta, a outra fiz antes de ontem. E toca a te esperar na feira, e você que não vinha.

— E agora?

— Você quer me ajudar? Meio a meio. São dez mil mangos, Alemão. Ele colocou ontem no cofre.

— Como você sabe?

— Ele foi ao banco. Trouxe um maço incrível. Ela viu e me disse que eram todos coloridos.

— E você me dá a metade?

— É, meio a meio, você se anima?

Me ergui bruscamente na cadeira, fingindo estar possuído pelo entusiasmo.

— Meus cumprimentos, Manco, o que você pensou é maravilhoso.

— Você acha, Alemão?

— Nem um mestre teria planejado como você esse assunto. Nada de gazua. Tudo limpo.

— Certo, hein?

— Limpo, meu irmão. A mulher, a gente esconde.

— Não vai ser preciso, já aluguei um quarto que tem porão; nos primeiros dias eu "soco" ela lá. Depois, vestida de homem, eu levo ela pro Norte.

— O que você acha de a gente sair, Manco?

— É, vamos...

A cúpula dos plátanos nos protegia dos ardores do sol. Manco, meditando, deixava o seu cigarro soltar fumaça por entre os lábios.

— Quem é o dono desta casa? — perguntei.

— Um engenheiro.

— Ah! É engenheiro?

— É, mas desembucha, Alemão, você se anima?

— Por que não... claro, homem... eu já estou cheio de caminhar vendendo papel. Sempre a mesma vida: ficar acabado pra nada. Me diz, Manco, tem sentido esta vida? Trabalhamos pra comer e comemos pra trabalhar. "Nem um pingo" de alegria, "nem um pingo" de festas, e todos os dias a mesma coisa, Manco. Isso já está me deixando pelas tampas.

— É verdade, Alemão, você tem razão... Então você se anima?
— Claro.
— Então esta noite a gente dá o golpe.
— Tão rápido?
— É, ele sai todas as noites. Vai ao clube.
— É casado?
— Não, mora sozinho.
— Longe daqui?
— Não, um quarteirão antes da Nazca. Na rua Bogotá. Se quiser, a gente vai ver a casa.
— É sobrado?
— Não, térrea, tem jardim na frente. Todas as portas dão pra galeria. Tem uma faixa de terra ao longo dela.
— E ela?
— É empregada.
— E quem cozinha?
— A cozinheira.
— Então tem dinheiro.
— Só vendo a casa! Tem cada móvel lá dentro!
— E a que horas a gente vai esta noite?
— Às onze.
— E ela vai estar sozinha?
— Vai. A cozinheira, assim que termina, vai pra casa.
— Mas isso é garantido?
— Garantido. O lampião está a meio quarteirão, ela vai deixar a porta aberta, a gente entra e direto pro escritório, a gente tira a "gaita", aí mesmo repartimos a bufunfa, e eu levo ela pro refúgio.
— E a "cana"?
— A "cana"... a "cana" "cata" os que têm prontuários. Eu trabalho: tomo conta de carroças; além disso, a gente põe luva.
— Quer um conselho, Manco?
— Dois.
— Bom, presta atenção. A primeira coisa que a gente tem que fazer é não deixar que vejam a gente por lá hoje. Algum vizinho pode nos reconhecer e ferrar a gente. Além do mais, não tem motivo, já que você conhece a casa. Perfeitamente. Segundo: a que horas o engenheiro sai?

— Entre nove e meia e dez, mas a gente pode espiar.
— Abrir o cofre é questão de dez minutos.
— Nem isso, a chave já foi testada.
— Parabéns pela precaução... Então a gente pode ir às onze.
— Isso.
— E onde a gente se vê?
— Em qualquer lugar.
— Não, é preciso ser precavidos. Eu vou estar no "Las Orquídeas" às dez e meia. Você entra, mas não me cumprimenta nem nada. Senta em outra mesa, e às onze a gente sai, eu te sigo, você entra na casa e em seguida entro eu, depois cada um que se vire.
— Dessa forma a gente evita suspeitas. Bem pensado... Você tem revólver?
— Não.
De repente a arma luziu em sua mão e, antes que eu evitasse, ele a introduziu no meu bolso.
— Eu tenho outro.
— Não precisa.
— Nunca se sabe o que pode acontecer.
— E você seria capaz de matar?
— Eu... que pergunta, mas é claro!
— Ei!
Algumas pessoas que passaram nos fizeram calar. Do céu azul-claro descia uma alegria que se filtrava em tristeza dentro da minha alma culpada. Lembrando de uma pergunta que não lhe fiz, eu disse:
— E como ela vai saber que a gente vai esta noite?
— Vou dar a senha pra ela por telefone.
— E o engenheiro não está na casa, de dia?
— Não, se você quiser posso falar com ela agora.
— De onde?
— Dessa farmácia aqui.
O Manco entrou para comprar umas aspirinas e, pouco depois, saiu. Já tinha se comunicado com a mulher.
Suspeitei de maquinação e, esclarecendo, retruquei:
— Você contava comigo pra este assunto, não?
— Contava, Alemão.
— Por quê?
— Porque sim.
— Agora tá tudo pronto.

— Tudo.
— Você tem luva?
— Tenho.
— Eu visto umas meias, dá no mesmo.

Depois, ficamos calados.

Durante toda a tarde caminhamos ao acaso, perdido o pensamento, surpreendidos ambos por ideias desiguais.

Lembro que entramos numa quadra de bocha.

Ali bebemos, mas a vida girava em torno de nós como a paisagem nos olhos de um ébrio.

Imagens há muito adormecidas, semelhantes a nuvens, se levantaram na minha consciência, o brilho solar me feria as pupilas, um grande sonho se apoderava dos meus sentidos e, de vez em quando, eu falava precipitadamente, sem mais nem menos.

O Manco me escutava, absorto.

De repente, uma ideia sutil se bifurcou em meu espírito, eu a senti avançar na cálida entranha, era fria como um fio de água e tocou meu coração.

"E se eu o delatasse?".

Temeroso de que meu pensamento tivesse me surpreendido, olhei sobressaltado para o Manco, que, à sombra da árvore, com os olhos adormecidos, olhava a quadra, onde as bochas estavam espalhadas.

Aquele era um lugar sombrio, propício para elaborar ideias ferozes.

A rua Nazca, larga, se perdia nos confins. Junto ao muro alcatroado de um alto edifício, o taberneiro tinha seu quarto de madeira, geminado, pintado de verde, e no resto do terreno se estendiam, paralelas, faixas de terras cobertas de areia.

Várias mesas de ferro se achavam em diferentes pontos.

Novamente, pensei: "E se eu o delatasse".

Com o queixo apoiado no peito e o chapéu caído em cima da testa, Manco tinha adormecido. Um raio de sol caía sobre uma perna, na calça manchada de nódoas de gordura.

Então um grande desprezo me atravessou o espírito e, segurando-o bruscamente por um braço, gritei:

— Manco.
— Ei, ei... O que é que há?
— Vamos, Manco.
— Aonde?
— Pra casa. Tenho que preparar a roupa. Esta noite a gente dá o golpe e amanhã chispa daqui.

— Certo, vamos.

***

Uma vez sozinho, vários temores se levantaram em meu entendimento. Eu vi a minha existência prolongada entre todos os homens. A infâmia estirava minha vida entre eles, e cada um deles podia me tocar com um dedo. E eu, já não pertencia a mim mesmo. Nunca mais.

Eu dizia a mim mesmo: "Porque se eu fizer isso, vou destruir a vida do homem mais nobre que conheci. Se eu fizer isso me condeno para sempre. E estarei sozinho, e serei como Judas Iscariotes. A vida toda carregarei uma dor. Todos os dias carregarei uma dor!...", e me vi prolongado dentro dos espaços de vida interior, como uma angústia, vergonhosa até para mim.

Então seria inútil que tratasse de me confundir com os desconhecidos. A lembrança, semelhante a um dente podre, estaria em mim, e seu fedor me turvaria todas as fragrâncias da Terra, mas à medida que situava o fato na distância, a minha perversidade achava interessante a infâmia.

"Por que não?... Então eu guardarei um segredo, um segredo daqueles, um segredo repugnante, que me impulsionará a investigar qual é a origem das minhas raízes obscuras. E quando não tiver nada pra fazer, e estiver triste pensando no Manco, eu me perguntarei: 'por que eu fui tão canalha?'. E não saberei responder, e nesta rebusca sentirei como se abrem em mim curiosos horizontes espirituais. Além do mais, esse negócio aí pode ser proveitoso."

"Na realidade", não pude senão me dizer, "sou um maluquete com uma mistura de patife; mas Rocambole não era menos: assassinava... eu não assassino. Por uns quantos francos levantou falso testemunho a "papai" Nicolo e mandou que o guilhotinassem. A velha Fipart, que gostava dele como uma mãe, estrangulou e matou... matou o capitão Williams, a quem ele devia seus milhões e seu marquesado. Quem ele não traiu?".

De repente, lembrei com nitidez esta passagem da obra:

"Rocambole esqueceu por um momento suas dores físicas. O preso, cujas costas estavam cheias de equimoses por causa da vara do Capataz, se sentiu fascinado: pareceu ver desfilar diante de seus olhos, como um torvelinho embriagador, Paris, o Champs-Élysées, o boulevard dos Italianos, todo aquele mundo deslumbrante de luz e de barulho em cujo seio tinha vivido antes".

Pensei: "E eu?... será que eu vou ser assim?... não vou conseguir levar uma vida faustosa como a de Rocambole?". E as palavras que antes eu tinha dito para o Manco soaram outra vez em meus ouvidos, mas como se outra boca as pronunciasse: "Sim, a vida é linda, Manco... É linda. Imagina os grandes campos, imagina as cidades do outro lado do mar. As fêmeas que seguiriam a gente, e a gente atravessaria como grandes 'bacanas' as cidades que estão do outro lado do mar".

Devagar, desenroscou-se outra voz no meu ouvido: "Canalha... você é um canalha...".

Minha boca entortou. Lembrei de um cretino que morava ao lado da minha casa, que constantemente dizia, com voz nasalada: "Mas se eu não tenho culpa".

"Canalha... você é um canalha."

"Se eu não tenho culpa."

"Ah! Canalha... canalha..."

"Não me importa... serei encantador como Judas Iscariotes. A vida toda carregarei uma dor... uma dor... A angústia abrirá a meus olhos grandes horizontes espirituais... mas pra que se chatear tanto! Eu não tenho direito...? Acaso eu...? Serei encantador como Judas Iscariotes... e por toda a vida carregarei uma pena... mas... ah! É linda a vida, Manco... é linda... e eu... eu te afundo, te degolo... te 'passo a perna'... é, você que é 'safo'... que é 'escolado'... eu te afundo... é, você, Manco... e então... então serei encantador como Judas Iscariotes... e terei uma dor... uma dor... Seu porco!".

***

Grandes manchas de ouro atapetavam o horizonte, do qual surgiam, em penachos de estanho, nuvens tormentosas circundadas de tremulantes véus cor de laranja.

Levantei a cabeça, e próximo ao zênite, entre lençóis de nuvens, vi reluzir, debilmente, uma estrela. Diria eu, uma salpicadura de água trêmula numa fenda de porcelana azul.

Eu me encontrava no bairro indicado pelo Manco.

Os passeios estavam sombreados por grandes copas de acácias e ligustros. A rua era tranquila, romanticamente burguesa, com cercas pintadas diante dos jardins, fontezinhas adormecidas entre os arbustos e algumas estátuas de gesso avariadas. Um piano soava na quietude do crepúsculo, e me senti suspenso pelos sons, como uma gota de orvalho na ascensão de um caule. De um roseiral invisível chegou tal rajada de perfume que, embriagado, meus joelhos vacilaram, ao mesmo tempo que lia numa placa de bronze:

ARSENIO VITRI — *Engenheiro*

Era a única indicando tal profissão, ao longo de três quarteirões.

À semelhança de outras casas, o jardim florido estendia seus canteiros diante da sala, e interrompendo ao chegar ao caminho de mosaico que conduzia à porta envidraçada do biombo; a seguir, continuava formando um esquadro ao longo do muro da casa ao lado. Em cima de um terraço, uma cúpula de vidro protegia o parapeito da chuva.

Eu parei e apertei o botão da campainha.

A porta do biombo se abriu e, enquadrada pelo batente, vi uma mulata de grossas sobrancelhas e olhar atravessado, que, com maus modos, perguntou o que eu queria.

Ao lhe interrogar se o engenheiro estava, ela me respondeu que iria ver, e voltou perguntando quem eu era e o que desejava. Sem me impacientar, respondi que me chamava Fernán González, de profissão desenhista.

Voltou a entrar a mulata, e já mais apaziguada, me fez entrar. Atravessamos por entre várias portas com as persianas fechadas; de repente ela abriu a folha de um estúdio e, diante de uma escrivaninha, à esquerda de um abajur com tecido verde, vi uma cabeça grisalha inclinada; o homem me olhou, eu o cumprimentei, e ele me fez sinal de que entrasse.

Depois disse:

— Só um momento e já vou ter com o senhor.

Eu o observei. Era jovem, apesar do seu cabelo branco.

Havia em seu rosto uma expressão de fadiga e melancolia. O cenho era profundo, as olheiras fundas, fazendo triângulo com as pálpebras, e o extremo dos lábios ligeiramente caídos acompanhava a postura dessa cabeça, agora apoiada na palma da mão e inclinada em direção a um papel.

Enfeitavam a parede do cômodo plantas e desenhos de edifícios luxuosos; fixei os olhos numa biblioteca, cheia de livros, e tinha conseguido ler o título: *Legislação de água*, quando o senhor Vitri me perguntou:

— Em que posso servi-lo, senhor?

Baixando a voz, respondi:

— Me perdoe, senhor, antes de mais nada, estamos sozinhos?

— Suponho que sim.

— Me permite uma pergunta talvez indiscreta? O senhor não é casado, é?

— Não.

Agora ele me olhava seriamente, e seu rosto enxuto ia adquirindo paulatinamente, por assim dizer, um vigor que se difundia em outro mais grave ainda.

Apoiado no espaldar da poltrona, tinha jogado a cabeça para trás; seus olhos cinza me examinavam com dureza, por um momento se fixaram no laço da minha gravata, depois se detiveram em minha pupila, e parecia que, imóveis, lá em sua órbita, esperavam surpreender em mim algo inusitado.

Eu compreendia que devia deixar de circunlóquios.

— Senhor, vim lhe dizer que esta noite tentarão lhe roubar.

Esperava surpreendê-lo, mas me enganei.

— Ah! Sim... e como o senhor sabe disso?

— Porque fui convidado pelo ladrão. Além disso, o senhor sacou uma grande soma de dinheiro do banco, que está guardada no cofre.

— É verdade...

— Desse cofre, como do quarto em que ele está, o ladrão tem a chave.

— O senhor a viu? — e tirando do bolso o chaveiro me mostrou uma, excessivamente grossa.

— É esta?

— Não, é a outra. — E afastei uma exatamente igual a que o Manco tinha me mostrado.

— Quem são os ladrões?

— O instigador é um sujeito que toma conta de carroças chamado Manco, e a cúmplice é a sua empregada.

— Eu imaginava.

— Ela subtraiu as chaves do senhor à noite, e o Manco fez cópias em poucas horas.

— E o senhor, que participação tem no assunto?

— Eu... eu fui convidado pra essa festa como um simples conhecido. O Manco chegou em casa e me propôs que o acompanhasse.

— Quando o viu, senhor?

— Hoje ao meio-dia, aproximadamente.

— E antes, o senhor não tinha conhecimento do que esse sujeito preparava?

— Do que preparava, não. Conheço o Manco; nossas relações se estabeleceram vendendo eu papel pros feirantes.

— Então o senhor era amigo dele... essas confianças só se têm com os amigos.

Fiquei vermelho.

— Não tanto como amigo... mas sempre me interessou sua psicologia.

— Mais nada?

— Não, por quê?

— Eu estava dizendo... mas a que horas vocês deviam vir esta noite?

— Nós ficaríamos espionando até que o senhor saísse pro clube, depois a mulata abriria a porta pra nós.

— Belo golpe. Qual é o domicílio desse sujeito chamado Manco?

— Condarco, 1375.

— Perfeitamente. Tudo vai se arranjar. E o seu domicílio?

— Caracas, 824.

— Bem, venha esta noite às dez. A essa hora tudo estará bem guardado. Seu nome é Fernán González, não é mesmo?

— Não, troquei o nome pro caso de a mulata já conhecer, por intermédio do Manco, a minha possível participação no assunto. Eu me chamo Sílvio Astier.

O engenheiro apertou o botão da campainha, olhou em volta; momentos depois a criada se apresentou.

O semblante de Arsenio Vitri conservava-se impassível.

— Gabriela, este senhor virá amanhã pela manhã para buscar esse rolo de plantas — e lhe mostrou um maço abandonado numa cadeira —, mesmo que eu não esteja, você entrega para ele.

Depois se levantou, me estendeu a mão friamente e saí acompanhado da criada.

***

Manco foi detido às nove e meia da noite. Morava num sótão de madeira, numa casa de gente modesta. Os agentes que o esperavam souberam pelo Moleque que o Manco tinha vindo, "revirou suas tralhas e foi embora". Como ignoravam quais eram os lugares que ele costumava frequentar, apresentaram-se inopinadamente à dona da casa, fizeram-se conhecer como agentes de polícia e entraram por uma escada inclinada até o quarto do Manco. Ali, aparentemente, não tinha nada que valesse a pena. No entanto, coisa inexplicável e absurda, penduradas num prego, à vista de todo aquele que entrasse, encontravam-se as duas chaves: a do cofre e a da porta do escritório. Num caixote de querosene, com alguns trapos velhos, acharam um revólver e, no fundo, quase escondido, recortes de jornais. Faziam referência a um assalto cujos autores a polícia não havia individualizado.

Como as notícias dos jornais tratavam do mesmo delito, se supôs, com razão, que o Manco não estava alheio a essa história e, por precaução, Moleque foi detido, isto é, foi enviado com um agente para a delegacia do bairro.

Na mansarda havia também uma mesa de pinho branco, com uma gaveta lateral. Ali se encontrou um torno de relojoeiro e um jogo de limas finas. Algumas denotavam uso recente.

Sequestradas todas as provas do delito, a dona da casa foi novamente chamada.

Era uma velhota descarada e avarenta; enrolava a cabeça com um lenço preto cujas pontas ela amarrava sob o queixo. Sobre sua testa caíam cachos de cabelos brancos, e sua mandíbula se movia com incrível ligeireza quando falava. A sua declaração fez pouca luz em torno do Manco. Ela o conhecia havia três meses. Pagava pontualmente e trabalhava pela manhã.

Interrogada sobre as visitas que recebia o ladrão, deu dados obscuros; lembrava, isso sim, "que no domingo passado veio uma negra às três da tarde e saiu às seis, junto com o Antônio".

Descartada qualquer possibilidade de cumplicidade, ordenaram-lhe absoluta discrição, que a velhota prometeu por temor a posteriores compromissos, e os dois agentes voltaram ao sótão para esperar pelo Manco, já que foi explícito o desejo do engenheiro de que Manco fosse detido fora da casa dele, para atenuar a pena que merecia. Talvez tenha pensado também que eu não estava alheio à decisão do Manco.

Os meganhas achavam que ele não viria; possivelmente jantara em algum restaurante das imediações e se embriagara para tomar coragem, mas se enganaram.

Por esses dias, Manco tinha ganhado dinheiro com umas redobronas. Depois que se separou de mim, voltou ao sótão para, mais tarde, sair em direção a um prostíbulo que conhecia. Quase na hora dos comércios fecharem, entrou numa loja de malas e comprou uma.

Depois se dirigiu ao seu quarto, bem alheio ao que lhe esperava. Subiu a escada cantarolando um tango, cujos tons tornavam mais distintas as batidas intermitentes da mala nos degraus.

Quando abriu a porta, deixou-a no chão.

Introduziu depois uma mão no bolso para tirar a caixa de fósforos e, nesse instante, um golpe terrível no peito o fez recuar, no mesmo momento que outro guarda o segurava pelo braço.

Não se pode duvidar de que Manco compreendeu do que se tratava, porque com um esforço desesperado, ele se soltou.

Os vigilantes, ao tentar lhe seguir, tropeçaram na mala e um deles rolou pela escada, caindo do seu bolso o revólver, que disparou.

O estampido encheu de espanto os moradores da casa e, equivocadamente, atribuiu-se esse tiro ao Manco, que não tinha conseguido transpor a porta da rua.

Então aconteceu uma coisa horrível.

O filho da velhota, açougueiro de profissão, avisado por sua mãe do que estava acontecendo, pegou sua bengala e se precipitou em perseguição ao Manco.

Depois de trinta passos, o alcançou. Manco corria arrastando sua perna inútil; de repente a bengala caiu sobre o seu braço, ele virou a cabeça e o pau ressoou em cima do seu crânio.

Aturdido pelo golpe, ainda tentou se defender com uma mão, mas o meganha que tinha chegado lhe passou uma rasteira e outra bengalada, que lhe alcançou o ombro, acabou por lhe derrubar. Quando lhe puseram as algemas, Manco clamou com um grande grito de dor.

— Ah, mamãezinha! — Depois outro golpe lhe fez calar e foi possível vê-lo desaparecer na rua escura, os punhos presos às algemas que, com raiva, os agentes, marchando a seu lado, retorciam.

***

Quando cheguei à casa de Arsenio Vitri, Gabriela já não estava.

Sua detenção se efetuou poucos minutos depois que eu saí.

Um oficial de polícia, chamado para isso, fez a acusação na frente do engenheiro. A mulata a princípio se negou a confessar, mas quando, mentindo, lhe foi dito que o Manco tinha sido detido, começou a chorar.

As testemunhas do ato não esqueceriam jamais essa cena.

A mulher escura, encurralada, com os olhos brilhantes, olhava para todos os lados, como uma fera que se prepara para saltar.

Tremia extraordinariamente; mas quando se insistiu que o Manco estava detido e que sofreria por sua causa, ela começou a chorar, suavemente; com um choro tão delicado que o cenho dos circunstantes se acentuou... de repente levantou os braços, seus dedos se detiveram no nó de seus cabelos, arrancou dali um pente e, esparramando sua cabeleira pelas costas, disse, juntando as mãos, olhando como que enlouquecida para os presentes:

— Sim, é verdade... é verdade... vamos... vamos aonde está o Antônio.

Num comboio, a conduziram à delegacia.

Arsenio Vitri me recebeu em seu escritório. Estava pálido e seus olhos não me olharam ao me dizer:

— Quanto lhe devo por seus serviços?

— Como...?

— É, quanto lhe devo...? Porque para o senhor, só pagando.

Compreendi todo o desprezo que ele me jogava na cara.

Empalidecendo, me levantei:

— Verdade, a mim, só pagando. Guarde esse dinheiro que eu não lhe pedi nada. Adeus.

— Não, venha, sente-se... me diga, por que você fez isso?

— Por quê?

— É, por que traiu seu companheiro? E sem motivo. Não sente vergonha em ter tão pouca dignidade, na sua idade?

Vermelho até a raiz do cabelo, respondi:

— É verdade... Há momentos na nossa vida em que temos necessidade de ser canalhas, de nos sujarmos por dentro, de fazer alguma infâmia, sei lá eu... de arruinar para sempre a vida de um homem... e depois de feito isto, podemos voltar a caminhar tranquilos.

Agora Vitri não me olhava na cara. Seus olhos estavam fixos no laço da minha gravata, e seu semblante ia adquirindo, sucessivamente, uma seriedade que se difundia em outra mais terrível.

Prossegui:

— O senhor me insultou e, no entanto, não me importa.

— Eu podia ajudar o senhor — murmurou.

— O senhor podia me pagar, e agora nem isso, porque eu, por minha quietude, me sinto, apesar de toda minha canalhice, superior ao senhor. — E me irritando, subitamente gritei:— Quem é o senhor?... Ainda me parece um sonho ter delatado o Manco.

Com voz suave, replicou:

— E por que o senhor é assim?

Um grande cansaço se apoderava de mim rapidamente, e me deixei cair na cadeira.

— Por quê? Sabe Deus. Ainda que passem mil anos, não poderei me esquecer da cara do Manco. O que será dele? Sabe Deus; mas a lembrança do Manco vai estar sempre na minha vida, vai ser em meu espírito como a lembrança de um filho que se perdeu. Ele poderá vir a cuspir na minha cara e eu não lhe direi nada.

Uma tristeza enorme passou pela minha vida. Mais tarde, eu lembraria sempre desse instante.

— É, é assim — balbuciou o engenheiro.

E, de repente, erguendo-se com os olhos brilhantes fixos no laço da minha gravata, murmurou como que sonhando:

— O senhor disse. É assim. Se cumpre com uma lei brutal que está dentro da gente. É assim. É assim. Se cumpre com a lei da ferocidade. É assim; mas quem disse ao senhor que é uma lei? Onde aprendeu isso?

Repliquei:

— É como um mundo que de repente caísse em cima de nós.

— Mas o senhor tinha previsto que algum dia chegaria a ser como Judas?

— Não, mas agora estou tranquilo. Irei pela vida como se fosse um morto. Assim eu vejo a vida, como um grande deserto amarelo.

— Mas essa situação não o preocupa?

— Pra quê? A vida é tão grande. Há um momento atrás me pareceu que o que eu tinha feito estava previsto havia dez mil anos; depois achei que o mundo se abria em duas partes, que tudo se tornava de uma cor mais pura e nós, homens, não éramos tão infelizes.

Um sorriso pueril apareceu no rosto de Vitri.

Ele disse:

— O senhor acha?

— Acho, algum dia isso vai acontecer... vai acontecer que as pessoas irão pela rua, perguntando-se uns aos outros: "É verdade isso, é verdade?".

— Mas me diga, meu senhor, o senhor nunca esteve doente?

Compreendi o que ele estava pensando e, sorrindo, continuei:

— Não... já sei o que o senhor está achando... mas me escute... eu não estou louco. Existe uma verdade, sim... e é que eu sei que a vida vai ser sempre extraordinariamente linda pra mim. Não sei se as pessoas sentirão a força da vida como eu a sinto, mas em mim há uma alegria, uma espécie de inconsciência cheia de alegria.

Uma súbita lucidez me permitia agora discernir os móveis de minhas ações anteriores, e continuei:

— Eu não sou um perverso, sou um curioso dessa força enorme que está em mim...

— Continue, continue...

— Tudo me surpreende. Às vezes tenho a sensação de que faz uma hora que vim pra Terra e de que tudo é novo, flamejante, encantador. Então eu abraçaria as pessoas pela rua, pararia no meio da calçada pra lhes dizer: "Mas vocês, por que andam com essas caras tristes? Se a vida é linda, linda...". O senhor não acha?

— Acho...

— E saber que a vida é linda me alegra, parece que tudo se enche de flores... dá vontade de se ajoelhar e dar graças a deus, por nos ter feito nascer.

— Continue...

— Não está cansado?

— Não, continue.

— O que acontece é que a gente não pode dizer essas coisas pras pessoas. Tomariam a gente por louco. E eu digo a mim mesmo: "O que é que eu faço desta vida que há em mim?". E eu gostaria de dá-la... presenteá-la... me aproximar das pessoas e dizer: "Vocês têm que ser alegres! Sabem? Têm que brincar de pirata... fazer cidades de mármore... rir... soltar fogos de artifício".

Arsenio Vitri se levantou e, sorrindo, disse:

— Está tudo muito bem, mas é preciso trabalhar. Em que posso lhe ser útil?

Refleti um instante, e em seguida:

— Veja; eu gostaria de ir pro Sul... pra Neuquén... lá onde há gelo e nuvens... e grandes montanhas... gostaria de ver a montanha...

— Perfeitamente, eu o ajudarei e lhe conseguirei uma colocação em Comodoro; mas agora vá embora porque eu tenho que trabalhar. Eu lhe escreverei logo... Ah! E não perca sua alegria; sua alegria é muito linda.

E sua mão apertou fortemente a minha. Tropecei numa cadeira... e saí.

APÊNDICE

O POETA PAROQUIAL[1]

Roberto Arlt

Juan começou a rir.

— Eu não entendo dessas coisas... Me diz, você quer vir comigo pra ver um poeta? Ele tem dois ou três livros publicados, e como eu sou secretário de uma biblioteca, estou encarregado de abastecê-la de livros. Portanto, visitamos todos os escritores. Você quer vir? Vamos esta noite.

— Como ele se chama?

— Alejandro Villac. Ele tem um livro, *A caverna das musas* e outro, *O colar de veludo*.

— E que tal são esses versos?

— Eu não li. Ele publica na *Caras y Caretas*.[2]

— Ah! Se ele publica na *Caras y Caretas* deve ser um bom poeta.

— E na *El Hogar*[3] publicaram um retrato dele.

— Na *El Hogar* publicaram o retrato dele? — repeti, espantado. — Mas então ele não é um poeta qualquer. Se na *El Hogar* publicaram o retrato dele... caramba... pra que seja publicado na *Caras y Caretas* e com retrato na *El Hogar*... Vamos lá esta noite mesmo — e assaltado por um súbito temor — mas, será que vai nos receber?... Porque, pra que tenha um retrato publicado na *El Hogar*!

— Bom, claro que ele vai nos receber. Eu estou levando uma carta do bibliotecário. Então você vem me pegar esta noite? Ah! Espera um pouco que eu vou te trazer *Electra* e *Città morta*.

Quando nos afastamos, eu não estava pensando nos livros, nem no emprego, nem na sincera generosidade de Juan, o magnífico; eu estava pensando, emocionado, no autor de *A caverna das musas*, no poeta que publicava na *Caras y Caretas* e cujo retrato *El Hogar* exibira gloriosamente.

---

[1] Este texto apareceu na revista *Proa* em março de 1925, como uma prévia de *O brinquedo raivoso*. No entanto, foi excluído da versão final do livro, publicada no ano seguinte. Para a presente edição, o texto foi extraído de *El juguete rabioso* editado por Ricardo Piglia (Buenos Aires: Espasa Calpe, 1993. Colección Austral. Biblioteca de Literatura Hispanoamericana). (N.T.)

[2] Revista semanal de variedades, que circulou por quarenta e um anos (1898-1939). (N.T.)

[3] Revista semanal voltada para assuntos domésticos, que tinha uma seção de contos, onde publicaram, entre outros, Jorge Luis Borges, Ricardo Güiraldes e o próprio Arlt. (N.T.)

O poeta morava a três quarteirões da rua Rivadavia, numa ruela sem calçamento, com lampiões a gás, calçadas desniveladas, árvores seculares e casinhas enfeitadas com insignificantes e agradáveis jardins, ou seja, numa dessas tantas ruas que nos subúrbios portenhos têm a virtude de nos fazer lembrar de um campo de ilusão, e que constituem o encanto do bairro de Flores.

Como Juan não conhecia exatamente o endereço do autor de *A caverna das musas*, tivemos que pedir informação no bairro, e uma menina apoiada numa pilastra de um jardim nos orientou.

— Vocês estão procurando a casa do poeta, o senhor Villac, não é mesmo?

— É, sim, senhorita; aquele que teve o retrato publicado na *El Hogar*.

— Então é ele mesmo. Estão vendo aquela casinha de fachada branca?

— Aquela com a árvore caída?...

— Não, a outra; essa antes de chegar na esquina, a do portão de grade.

— Ah, sim, sim!

— O senhor Villac mora ali.

— Muito obrigado — e cumprimentando-a, nós nos retiramos.

Juan conservava seu sorriso cético. Por quê? Ainda não sei. Sempre sorria assim, entre incrédulo e triste.

Eu me sentia emocionado; percebia nitidamente o pulsar das minhas veias. Não era para menos. Dentro de poucos minutos eu me encontraria diante do poeta de quem haviam publicado o retrato na *El Hogar*, e apressadamente imaginava uma frase sutil e afável que permitisse me congratular com o vate.

Resmunguei:

— Será que ele vai nos receber?

Como havíamos chegado à porta, Juan, como resposta, se limitou a bater palmas fortemente, o que me pareceu uma irreverência. O que o poeta diria? Só um cobrador mal-humorado chamaria dessa forma. Escutou-se o roçar de solas nas lajotas, na escuridão a criada atropelou um vaso, depois se desenhou uma forma branca a cujas perguntas Juan respondeu entregando a carta.

Enquanto aguardávamos, escutavam-se barulhos de pratos na sala de jantar.

— Entrem; o senhor Villac vem em seguida. Está terminando de jantar. Por aqui. Sentem-se.

Ficamos sozinhos na sala iluminada.

Diante da janela acortinada, um piano coberto com uma capa branca. Os quatro cantos do cômodo estavam ocupados por esbeltas coluninhas, onde as begônias exibiam, em vasos de cobre, suas folhas estriadas de veias vinosas. Sobre a escrivaninha, adornada por porta-retratos, via-se, em poético abandono, uma folha na qual estava escrito o começo de um poema, e, esquecida num certo banquinho cor-de-rosa, uma porção de peças musicais. Havia também quadrinhos e delicados penduricalhos, pendendo do lustre, testemunhavam a diligência de uma esposa prudente. Através dos vidros de uma biblioteca de mogno, as lombadas de couro das encadernações duplicavam com seus títulos em letras de ouro o prestígio do conteúdo.

Eu, que xeretava os retratos, disse:

— Olha, uma fotografia de Usandivaras, e com dedicatória.

Juan comentou zombeteiramente:

— Usandivaras... se eu não estou enganado, Usandivaras é um folgado que escreve versos sobre o pampa... algo assim como Betinotti, mas com muito menos talento.

— Vamos ver... este... José M. Braña.

— Esse é um poeta grosseirão. Escreve com ferraduras.

Na galeria, escutamos os passos do vate que publicava na *Caras y Caretas*. Nós nos levantamos emocionados quando o homem apareceu.

Alto, romântica melena, nariz aquilino, bigode crespo, pupila negríssima.

Nós nos apresentamos e muito cordialmente ele nos indicou as poltronas.

— Sentem-se, meus jovens... Então vocês estão vindo como representantes do centro Florencio Sánchez?

— Isso mesmo, senhor Villac, e se o senhor não tem nenhum...

— Nada, nada, com o maior prazer... Querem um cafezinho?

Foi até a galeria e, em um instante, já estava conosco.

— Jantamos um pouco tarde, por causa do escritório, ocupações.

— Certamente...

— Efetivamente, as exigências da vida. E conversando enquanto saboreava o café na sua xicarazinha, com uma simplicidade encantadora, o poeta disse: — Essas solicitudes agradam. Não deixam de ser um estímulo para o trabalhador honrado. Eu já recebi várias da mesma índole e sempre trato de satisfazê-las. Não se incomode, meu jovem... está bem assim — acomodando a xícara na bandeja. — Como eu estava dizendo, na semana passada recebi uma carta de uma dama argentina residente em Londres. Vejam vocês que o *The Times* lhe pedia informações sobre a minha obra aplaudida em jornais argentinos.

— O senhor publicou *O colar de veludo* e *Caverna das musas*, não é?

— Também outro volume; foi o primeiro. Chama-se *De meus vergéis*, mas naturalmente, uma obra com defeitos... na época eu tinha dezenove anos.

— Pelo que eu sei, a crítica tem se ocupado do senhor.

— É verdade, disso eu não posso me queixar. *A caverna das musas*, principalmente, foi muito bem acolhida... Dizia um crítico que eu uno à simplicidade de Evaristo Carriego o patriotismo de Guido Spano... e eu não me queixo... faço o que posso — e com magno gesto tirou os cabelos das têmporas, ajeitando-o atrás das orelhas.

— E vocês, não escrevem?
— O senhor — disse Juan.
— Prosa ou verso?
— Prosa.
— Fico contente, fico contente... Se precisar de alguma recomendação... Me traga alguma coisa para ler... Se quiserem me visitar aos domingos pela manhã, faríamos um pequeno passeio até o Parque Oliveira. Eu costumo escrever ali. A natureza ajuda tanto!
— Como não! Obrigado; vamos aproveitar seu convite.
Juan, vendo o diálogo empalidecer, perguntou, mentindo:
— Se eu não estou enganado, senhor Villac, li um soneto seu em *La patria degli italiani*. O senhor escreve também em italiano?
— Não, pode ser que o tenham traduzido; não teria nada de estranho nisso.
Juan insistiu:
— No entanto, vou ver se encontro esse número e envio para o senhor. Belo idioma, não é mesmo, senhor Villac?
— Efetivamente, sonoro, grandiloquente...
Eu, com candidez, perguntei:
— E quem o emociona mais, senhor Villac, Carducci ou D'Annunzio?
— Como romancista, Manzoni... Hein? Mais vida, não é verdade? Me lembra o Ricardo Gutiérrez.
— É mesmo, é verdade; mais vida — Juan repetiu, olhando para mim quase assombrado.
— Além do mais, Carducci... o que eu posso dizer... sinceramente... existem poucos poetas que me agradam tanto como Evaristo Carriego, essa simplicidade, aquela emoção da costureirinha que deu um mau passo... esses sonetos... deve ser porque eu sou sonetista e "O soneto é uma lira de fibras de ouro", "Uma caixa...".
— Certamente — observou Juan, impassível —, certamente, eu reparei que a crítica o aplaude muito como sonetista.
— "Uma caixa de encantos" escrevi outro dia na *Caras y Caretas*... e não me enganei. O nosso século prefere o soneto, como num estudo indi...
A entrada da criada com um pacote que continha *A caverna* e outros volumes interrompeu suas palavras e, desgraçadamente, não pudemos saber o que indicava em seu estudo o homem do retrato na *El Hogar*.

Para não passar por indiscretos, nós nos levantamos, e acompanhados até o umbral da porta nos despedimos do sonetista, efusivamente. Eu prometi voltar.

Quando passamos na frente da casa da nossa informante, a menina ainda estava na porta. Com voz tímida, perguntou:

— Encontraram o senhor...?

— Encontramos, senhorita... obrigado...

— Ele não é mesmo um talento?

— Oh!... — disse Juan — um talento bestial. — Repare que até no *Times* se interessam em saber quem ele é.

O BRINQUEDO RAIVOSO, POR ROBERTO ARLT
(Coleção de Novos Autores, Editora Latina, Buenos Aires)[1]

Leónidas Barletta

Digamos que há entre nós, jovens autores argentinos, alguma falta de respeito para com o livro. O livro é aqui, para muitos, questão de quantidade e não de qualidade; se tem ou se não tem quarenta ou cinquenta mil palavras, se diz com elas, no entanto, quatro lugares-comuns.

Por esta culpa o livro nacional, salvo raríssimas exceções, tem uma característica de coisa improvisada. Defende-se essa formal acusação dizendo que tendemos a aceitar como bom apenas o estrangeiro. É possível. De qualquer forma, convenhamos que o livro nacional não adquiriu esse contorno de mistério que há em toda obra original e que nos impulsiona a ler preferencialmente o livro estrangeiro. Aqui se leem títulos, inspecionam-se capas, e a gente acaba por se deixar vencer pela desconfiança de que se trata, como na maioria dos casos, de uma seleção dos contos que o autor escreveu durante o ano para jornais e revistas. Porque entre nós qualquer coisa improvisada para o jornalismo merece as honras do livro, e encontra editores complacentes. E, naturalmente, isso deve ser para o mal.

Falamos de exceções. Sem dúvida alguma, podemos citar entre elas o romance que passamos a comentar. *O brinquedo raivoso*, de Roberto Arlt, é um bom romance. Aqui, um seguro instinto guia o autor pelo intrincado campo do romance. Seu livro é, desse modo, espontâneo e extraordinariamente interessante. Ardente na pintura, discreto na medida, embora nem sempre sóbrio na expressão.

A gíria que põe na boca dos seus personagens não é postiça como acontece em quase todas as tentativas de romance de subúrbio que se fizeram até aqui. O autor maneja essas expressões com propriedade, e desde que elas completem o retrato de um personagem. De maneira que esse perigoso obstáculo do romance, no qual se estreparam romancistas da fama de Gálvez, felizmente foi salvo por Arlt.

---

[1] Resenha publicada na revista *Nosotros*, v. 54, n. 211, pp. 553-4, dez. 1926. Coleção da Biblioteca Ricardo Rojas do Instituto de Literatura Argentina da Universidade de Buenos Aires. (N.T.)

Os personagens deste romance se movem no seu ambiente, respiram como nós o ar das nossas ruas e, finalmente, falam do modo comum, já que não são simples produtos livrescos.

Arlt tampouco fabricou um subúrbio a seu bel-prazer como fazem quase todos os escritores que exploram esse tema em seus relatos; nem perseguiu tal ou qual aspecto trágico. Limitou-se a consignar o produto de suas observações numa prosa simples, que faz com que possamos seguir as peripécias de seus heróis sem fadiga.

O drama que aparece em quase todos os capítulos é terrivelmente simples: a pobreza. Primeiro é no menino que se sente chamado pela rua, e a quem a leitura de Ponson du Terrail inflama de tal modo a imaginação que já não pensa em outra coisa senão se transformar em Rocambole; depois é no adolescente que procura trabalho infrutiferamente; mais tarde, no vendedor de papel que caminha quilômetros e quilômetros para ganhar dois ou três pesos, e enquanto anda, para abreviar o caminho, sonha que possui uma enormidade de milhões.

E Arlt aprofunda esta angustiosa miséria com singular destreza, em quatro palavras:

[...] *comer o fígado que no açougue se pede para o gato, e se deitar cedo para não gastar o querosene da lamparina!*

Ou, senão, quando Sílvio é mandado embora de um emprego que lhe havia feito forjar ilusões:

Eu dizia a mim mesmo: "Lila, ah! Vocês não a conhecem, Lila é minha irmã; eu pensava, sabia que algum dia nós poderíamos ir ao cinematógrafo; em vez de comer fígado, comeríamos sopa com verduras, nós sairíamos aos domingos, eu a levaria a Palermo. Mas agora...

E este que assim se lamenta é aquele que aos catorze anos, quando lia as aventuras de Rocambole e fazia parte do "Clube dos Cavaleiros da Meia-Noite", fazia moção no sentido de mandar para os juízes, por correio, bombas de dinamite.

A vida ruim, medíocre, da classe pobre havia sufocado qualquer impulso, qualquer rebeldia. Esfumaram-se todas aquelas ideias de se transformar num admirado bandoleiro, no dia que a mãe o trouxe para a realidade vulgar e terrível, com estas palavras:

— *Sílvio, você precisa trabalhar.*

A vida não era um exercício de bandidos. Ali estava a sua mãe com as botinas rotas e lhe dizia, movendo os lábios "finos como duas tabuinhas":

— *Sílvio, você precisa trabalhar.*

Era a realidade batendo às portas da sua adolescência. E um mundo novo, sórdido e triste se estendeu diante dos seus olhos e seu coração "se apequenou de inveja e de angústia", e assim Sílvio começou a caminhar feito um sonâmbulo.

Uma vez virou incendiário; outra vez disparou contra si um tiro que falhou; outra vez traiu um amigo e disse a si mesmo: "[...] *então... então serei encantador como Judas Iscariotes... e terei uma dor*".

E este era aquele que pensava na beleza do mundo, "*e o meu coração inteiro se inundava de pena como uma boca num grito*".

Já se vê que o autor põe em jogo personagens de psicologia extremamente complexa. Por isso o livro é feito à base de pequenas surpresas. Imagino que seu autor, enquanto escrevia, ia de surpresa em surpresa, ele próprio espantado com o que descobria.

E estes personagens a quem nos referimos estão pintados com traços indeléveis e às vezes em uma só frase. Assim, por exemplo, o sapateiro manco que tinha seu negócio num saguão e admirava Diogo Corrientes:

— Esste, que rapaz, meu filho... que rapaz! Era ma lindo que uma rrossa e os migueletes mataram ele...

E a mulher de dom Gaetano, a ardente napolitana, não fica presa na mente com este protesto que desentranha sua psicologia?

— *O que é que você fez da minha vida... seu porco? Eu estava na minha casa como cravo no vaso, e não tinha necessidade de me casar com você* [...].

O brinquedo raivoso, de Roberto Arlt é, inquestionavelmente, um bom romance.

CRONOLOGIA

1900   Roberto Godofredo Christophersen Arlt, filho de Karl Arlt ((nascido em Posen, hoje Polônia) e Ekatherine Iobstraibitzer (de Trieste), nasce em Buenos Aires, em 26 de abril (em algumas autobiografias ele diz ter nascido no dia 7 de abril). É o caçula de três filhos: a mais velha chama-se Luisa e a segunda morre com um ano e meio de idade.

1905   A família instala-se no bairro de Flores, onde transcorre a infância e a adolescência de Arlt.

1908   Vender, por cinco pesos, seu primeiro conto a don Joaquín Costa, "um distinto morador de Flores".1909 — Cursa a escola primária só até o terceiro ano.

1912   Ingressa na Escola de Mecânica da Armada, onde sópermanece apenas alguns meses.

1912-5   Colabora em jornais de Flores e exerce diversos tipos de trabalho: balconista de livraria, aprendiz de relojoeiro, mecânico, entre outros.

1916   Deixa a casa paterna.

1917   A *Revista Popular*, dirigida por Juan José de Soiza Reilly, publica o primeiro conto de Arlt, "Jehová".

1920   Aparece em *Tribuna Livre* — folhetim semanal — "Las ciencias ocultas en la ciudad de Buenos Aires".

1921   Cumpre serviço militar em Córdoba. Provável aparecimento em uma revista cordobesa de um pequeno romance intitulado *Diario de un morfinómano* (há referências a essa obra, mas ainda não se encontrou um exemplar.)

1922   Casa-se com Carmen Antinucci.

1923   Nasce sua filha, Mirta.

1924   Volta para Buenos Aires com a mulher e a filha. Termina de escrever *La vida puerca*, título inicial de *El juguete rabioso*. Primeiras tentativas de edição do romance.

1925   A revista *Proa* publica dois fragmentos de *El juguete rabioso*: "El Rengo" e "El poeta parroquial". Torna-se amigo de escritores dos grupos literários Boedo e Florida. Os de Boedo consideram que a arte e a cultura têm uma função social e adotam a narrativa como gênero, enquanto os de Florida as encaram do ponto de vista estético e adotam a poesia como gênero.

1926	A Editora Latina publica *El juguete rabioso* (*O brinquedo raivoso*). Arlt começa a colaborar na revista humorística *Don Goyo*, dirigida por Conrado Nalé Roxlo. Publica ainda o conto "El gato cocido" na revista *Mundo Argentino*. Torna-se secretário do escritor Ricardo Güiraldes (autor de *Don Segundo Sombra*) por algum tempo.
1927	Trabalha no jornal *Crítica* como cronista policial.
1928	Começa a trabalhar no jornal *El Mundo*, onde aparecem alguns de seus contos, como "El insolente jorobadito" e "Pequenos proprietários", e a série de crônicas sobre a cidade de Buenos Aires e seus personagens, intituladas "Aguafuertes porteñas". A revista *Pulso* publica "La sociedad secreta", um fragmento de *Los siete locos*, seu segundo romance.
1929	Publicação de *Los siete locos* pela Editora Claridad.
1930	*Los siete locos* recebe o Terceiro Prêmio Municipal de Literatura. Viaja ao Uruguai e ao Brasil. A revista *Argentina* publica "S.O.S", um fragmento de *Los monstruos* (título original de *Los lanzallamas*).
1931	O romance *Los lanzallamas* é publicado pela Editora Claridad.
1932	Em junho estreia sua peça *300 millones*, no Teatro del Pueblo. Publica seu último romance, *El amor brujo* (Editora Victoria, Colección Actualidad). É convidado a participar de um programa de rádio. Pouco tempo depois abandona a nova atividade por não se interessar por seu público.
1933	Aparece a primeira compilação de *Aguafuertes porteñas* (Editora Victoria) e a seleção de contos *El jorobadito* (Editora Anaconda). Em *Mundo Argentino* publica os relatos "Estoy cargada de muerte" e "El gran Guillermito".
1934	O jornal *La Nación* publica duas *burlerias* de Arlt: "La juerga de los polichinelas" e "Un hombre sensible". A *Gaceta de Buenos Aires* publica um esboço de sua peça *Saverio el cruel*.
1935	Viaja para Espanha e para o norte da África como correspondente do *El Mundo*. Escreve as *Aguafuertes españolas*.
1936	Estreiam suas peças teatrais *Saverio el cruel* (4 set., no Teatro del Pueblo) e *El fabricante de fantasmas* (8 out., pela Cia. Perelli de la Vega).
1937	Estreia sua *burleria La isla desierta* (30 dez., no Teatro del Pueblo). A revista *El Hogar* publica o conto "S.O.S! Longitud 145° 30' Latitud 29° 15'" (22 jan.).
1938	Estreia, em março, também no Teatro del Pueblo, a peça *Africa*. Publicação de sua peça teatral *Separación feroz* (El Litoral).
1939	Estreia da peça *La fiesta del hierro* (teatro). Viaja para o Chile. Morre sua esposa Carmen Antinucci. Continua a escrever no jornal *El Mundo* as famosas

Aguafuertes porteñas. Publica na revista *Mundo Argentino* o conto "Prohibido ser adivino en ese barco" (27 set.).

1941   Casa-se com Elisabeth Shine. *Un viaje terrible* aparece na revista *Nuestra Novela* (11 jul.), e a editora chilena Zig Zag inclui na sua Coleção Aventuras *El criador de gorilas*, conjunto de contos com temas africanos.

1942   Continua publicando contos nas revistas *El Hogar* e *Mundo Argentino*. Obtém a patente do sistema de meias emborrachadas e indestrutíveis, segundo ele. Termina de escrever a farsa *El desierto entra a la ciudad*. Morre em 26 de julho, vítima de infarte múltiplo, sem conhecer seu segundo filho, Roberto, que nasceria três meses depois. É cremado — estava ligado à Asociación Crematoria — e suas cinzas são espalhadas na região do Tigre, delta do rio Paraná.

**DO MESMO AUTOR
NESTA EDITORA**

ÁGUAS-FORTES PORTENHAS SEGUIDAS DE
ÁGUAS-FORTES CARIOCAS

AS FERAS

OS SETE LOUCOS & OS LANÇA-CHAMAS

VIAGEM TERRÍVEL

OUTROS LIVROS NESTA EDITORA

O ENTEADO
Juan José Saer

COMO É
Samuel Beckett

DE SANTOS E SÁBIOS
James Joyce

EDUCAÇÃO DOS CINCO SENTIDOS
Haroldo de Campos

ROLAND BARTHES
Leda Tenório da Motta

PELE E OSSO
Luis Gusmán

CADASTRO
ILUMINURAS

Para receber informações sobre nossos lançamentos e promoções, envie e-mail para:

cadastro@iluminuras.com.br

Este livro foi composto em Times e Gotham pela *Iluminuras* e terminou de ser impresso nas oficinas da *Meta Brasil Gráfica*, em Cotia, SP, sobre papel off-white 80 gramas.